Outros cantos

Maria Valéria Rezende

Outros cantos

Este livro foi selecionado pelo programa Petrobras Cultural

ALFAGUARA

Copyright © 2016 by Maria Valéria Rezende

Grafia atualizada segundo o Acordo Ortográfico da Língua Portuguesa de 1990, que entrou em vigor no Brasil em 2009.

Capa
Estúdio Bogotá

Preparação
Rebeca Bolite

Revisão
Ana Kronemberger
Joana Milli
André Marinho

Dados Internacionais de Catalogação na Publicação (CIP)
(Câmara Brasileira do Livro, SP, Brasil)

Rezende, Maria Valéria
  Outros cantos / Maria Valéria Rezende. – 1ª ed. – Rio de Janeiro : Alfaguara, 2016.
  146p.

ISBN 978-85-5652-001-2

1. Ficção brasileira. I. Título.

15-10954   CDD: 869.3

Índices para catálogo sistemático:
1. Ficção : Literatura brasileira 869.3

3ª reimpressão

[2021]
Todos os direitos desta edição reservados à
EDITORA SCHWARCZ S.A.
Praça Floriano, 19, sala 3001 — Cinelândia
20031-050 — Rio de Janeiro — RJ
Telefone: (21) 3993-7510
www.companhiadasletras.com.br
www.blogdacompanhia.com.br
facebook.com/alfaguara.br
instagram.com/editora_alfaguara
twitter.com/alfaguara_br

Outros cantos

Não eram muitos os que passavam dos trinta.
A velhice era privilégio das pedras e das árvores.
A infância durava tanto quanto a dos filhotes dos lobos.
Era preciso se apressar, dar conta da vida
antes que o sol se pusesse,
(...)
De todo modo, não contavam os anos.
Contavam as redes, os tachos, os ranchos, os machados.
O tempo, tão generoso para qualquer estrela no céu,
estendia-lhes a mão quase vazia
e a retirava rápido, como se tivesse pena.
(...)
O bem e o mal —
deles sabiam pouco, porém tudo:
quando o mal triunfa, o bem se esconde;
quando o bem aparece, o mal fica de tocaia.
(...)
Por isso, se há alegria, é com um misto de aflição,
se há desespero, nunca é sem um fio de esperança.
A vida, mesmo se longa, sempre será curta.
Curta demais para se acrescentar algo.

WISŁAWA SZYMBORSKA

Olho de novo o perfil do homem sentado do outro lado do estreito corredor deste ônibus no qual, hoje, cruzo mais uma vez um sertão, qualquer sertão. Vi-o pela janela quando irrompeu e acenou à margem da estrada, vindo de nenhum caminho, nenhuma habitação humana, emergindo do deserto, emaranhado compacto de garranchos e cactos. O ônibus parou arquejando, e eu adivinhei que ele vinha sentar-se ao meu lado, apesar de tantas cadeiras vazias. Ele veio, grande, maciço, cheirando a couro curtido, suor e tabaco.

O odor flui da minha memória, decerto, porque este ao meu lado veste-se como um caubói de rodeio e cheira a água-de-colônia barata. Sentou-se, as costas retas, as mãos pousadas sobre os joelhos, os olhos fixos perfurando o espaldar da poltrona à sua frente e assim ficou até agora. Difícil deixar de olhá-lo, ainda mais quando sua figura se transforma, à contraluz, em silhueta de perneira, gibão e chapéu de couro, estátua encourada revolvendo-me as lembranças. Agora que o sol se meteu por detrás das nuvens esfarrapadas, logo acima do horizonte, tingindo o mundo, o vaqueiro destaca-se, negro como xilogravura contra o fundo avermelhado, e percebo em mim uma sensação de suspensão e expectativa: desejo e espero que ele lance, enfim, o seu aboio. Há mais de quarenta anos carrego essa imagem e esse canto em algum socavão da alma que agora se ilumina.

Os faróis deste carro velho são tão fracos que não mostram nada do caminho, nada me distrai das imagens que voltam da minha primeira tarde naquele outro sertão. Deixo divagar a memória enquanto todo o resto, o caubói, o ônibus, a caatinga, a estrada, mergulha na escuridão.

Eu fazia trinta anos no dia em que me meti pela primeira vez nesta aridez. Ainda não se havia espalhado por toda a terra a ilusão de poder-se fraudar o tempo e afastar indefinidamente o envelhecimento e a morte com técnicas cirúrgicas e calistênicas, fórmulas químicas, discursos de autopersuasão, mantras, injeções, próteses, lágrimas e incensos. Então, só era possível fazê-lo tornando-nos heróis, mártires, mitos, símbolos. Apostava-se a vida no que acreditávamos ser maior que a nossa própria vida. Encher de sentido o tempo era, então, mais urgente pois tão passageiro, urgência de marcar o mundo com nossa existência, mesmo que arriscando-nos a torná-la ainda mais breve. Ultrapassar os trinta anos era atravessar o portal da juventude para a idade adulta. Era, então, o exato meio da vida.

Vejo-me outra vez jovem ainda, sentada sobre o tronco de um coqueiro decepado e deitado em frente à casa que me cabia, naquele povoado cujo nome explicava a razão de sua existência, tão longe de tudo: Olho d'Água, como tantos outros mínimos oásis espalhados pela vastidão das terras secas. Eu me escorava na parede caiada em branco, havia pouco abandonada pelo sol, dando às minhas costas o único alívio possível contra o calor que me abateu desde a manhã, bem cedo, quando apeei do caminhão meio desmantelado que me levou àquele exílio.

Talvez seja essa lembrança que me faz sentir agora um desconforto maior e uma necessidade de acomodar melhor minhas costas. Luto contra a alavanca para reclinar o encosto da poltrona, sem conseguir movê-la, emperrada. Insisto, e meus esforços fazem mexer-se, pela primeira vez, o vaqueiro no assento vizinho. Ele se inclina sobre o corredor e, com extrema facilidade, levanta a alavanca e empurra o espaldar para trás. Agradeço, ele apenas acena com a cabeça e volta à sua posição de estátua, petrificado como eu estivera no calor daquela minha primeira tarde sertaneja.

Naquele remoto entardecer, depois de um dia inteiro prostrada na rede, exausta da longa viagem, eu não era capaz de mais nada, senão de me arriscar até a porta da casa e olhar vagamente, através de um filtro líquido e salgado prestes a desfazer-se e escorrer pelo papel seco e quebradiço que substituíra minha pele, as poucas casas brancas, de janelas e portas fechadas, agarradas umas às outras, mortas de medo do imenso e árido espaço à sua volta. Entre elas, a rua larga de areia branca e salgada, mais salina que sertão, esparsas algarobas quase transparentes, insistindo em dizerem-se verdes naquele cenário branco e cinzento. E eu quase já não podia crer que esse sertão ainda haveria de ser mar. As esperanças trazidas na minha bagagem pareciam resistir menos do que aquelas árvores esquálidas e não conseguiam permanecer incólumes nem um dia inteiro diante do vazio daquele lugar.

As esperanças levadas por mim naquela primeira viagem eram muito maiores e mais curtas do que as de agora, cujo sopro me fez embarcar neste ônibus. Para falar de esperanças me chamaram de novo ao sertão e vou pensando que as minhas mudaram e se tornaram muito mais modestas e pacientes do que antes, talvez envelhecidas como eu. Começaram a mudar naquele dia, quando, pela primeira vez, me meti nesta paisagem áspera e espinhosa.

No cenário descortinado da frente da casa, podia-se ver o silêncio sólido do fim de tarde de um domingo num mundo sem nada, ninguém, mundo sem criador, parecia. Só eu estava lá, mergulhada na ausência, incrustada e imobilizada na quentura espessa, como um fóssil na rocha. Teria chegado ao fim do mundo, onde tudo para, não há mais lugar para lutas? A razão nada me dizia e meu corpo entregava-se à imobilidade de um calango sobre a pedra, uma quase desistência de qualquer mudança. De dentro de mim não vinha mais nenhum esboço de movimento. Já me via naufragando em lágrimas e na decepção de nada encontrar ao fim de tão longa e arriscada viagem, não fosse, de repente, a irrupção de um longínquo canto, outra voz, inteiramente outra, mas que eu reconhecia, atravessando o susto, voz humana. Ôôôôôôôô êêêêêêê ôôôôôôôôôôô. Pareceu que aquele canto fazia uma tinta encarnada surgir do chão, no horizonte, e elevar-se, encher o céu e chegar aonde eu estava, até então, sozinha e tornada em mineral, tingindo-me e tudo ao meu redor.

Alguém, no assento logo atrás do meu, liga um rádio e me obriga a ouvir fragmentos de sermões evangélicos, de funks, de anúncios comerciais, e finalmente se resolve por um programa de canções melosas, a duas vozes, a mais alta uma terça acima da mais grave, pontuadas por gritos de locutor de rodeio, "Segura, peão!". O caubói a meu lado mexe-se de novo, talvez animado por suas próprias esperanças, ganhar uma moto ou um carro na próxima vaquejada? Saberá ainda aboiar? Ou já é daqueles agora a tanger o gado apenas com o rugido de uma motocicleta? O rádio começa a falhar e já não consegue sintonizar mais nenhuma estação. Sinto-me aliviada e volto às minhas lembranças daquela tarde perdida no passado.

O primeiro canto que ouvi naquele anoitecer vinha de tão longe, era difícil saber se me chegava pelos ares dali ou se memória e nostalgia me enganavam, trazendo de volta o muezim argelino que, havia apenas uns poucos meses, da alta torre de Beni-Isguen, me despertava e me fazia correr ao muxarabiê de meu quarto, mesmo ao pé da almádena, para beber a primeira luz e a primeira voz do dia inundando o vale do M'Zab. Não, o almuadem pertencia a outro tempo e a outro deserto, já mais longe ainda, da existência dele eu sabia antes de ouvi-lo. Eu havia escolhido voltar à minha terra, pensava, e ela me respondia com uma estranheza tão maior que todas as outras terras que eu havia percorrido.

À primeira voz percebida, ao cair do sol, respondeu outra e outra mais, chegando-me de todos os quadrantes, como se descessem do almocântara, em ondas sucessivas, cada vez mais fortes. De quem, esse canto? De quem, se vejo apenas uma estrada vazia, apagando-se à medida que escurece o vermelho do sol posto? De quem? De minha imaginação confusa pelo calor, pela secura, pela estranheza deste desterro? Então eu os vi, um a um, silhuetas negras recortadas contra o céu, bem à minha frente, ainda como figuras de folheto de cordel, eles, seus cavalos, suas reses, seu coro de aboios acompanhado pelo badalar dos cincerros, movendo-se majestosamente em suas rústicas panóplias, a beleza feita sombra e som. Ôôôôôôôô boi êêêêêê booooooi ôôôôôôôôôôô.

É fácil, hoje, assim envolta pela noite da caatinga e pelo ruído monótono do ônibus rodando sobre asfalto, voltar àquele dia, àquela outra viagem, àquele povoado no fim dos caminhos. Nesta viagem não quero dormir como os outros que já ouço ressonar.

Posso ouvir por dentro o canto dos aboiadores, imaginar-me ali a esperar o vento varrer o calor do dia, a lua subir do horizonte e, aproveitando o pouco luar capaz de meter-se por entre as frestas do telhado, beber dois copos d'água fresca, quase esvaziando da quartinha minha ração de líquido potável para a noite, tateando encontrar a porta do quarto, os ganchos de madeira nas paredes, armar a rede e deixar-me levar por ela, sem saber ao certo se aqui começa ou acaba o sonho. Como se fosse hoje.

Revejo na imaginação as descobertas do meu primeiro amanhecer em Olho d'Água, em que acordei ouvindo, a princípio vagamente, em seguida mais nítida, à medida que o sono se dissipava, uma algaravia meio humana meio bando de passarinhos na qual, aos poucos, distingui, "Maria, Maria". Demorei a reconhecer-me no nome chamado. Custou-me um enorme esforço levantar-me da rede, vestir meu cafetã, rasgar um caminho no colchão de calor entre meu quarto e a porta para a rua, abri-la que mugia como um novilho e encontrar os faróis dos olhos nas caras escuras, recriadas do barro feito de poeira e suor.

Um bando de meninos me espreitava. Nos peitos, o teclado perfeito das costelas expostas; nas costas, saliências pontiagudas, duros cotos de asas cortadas antes mesmo de que vissem a luz por primeira vez. Nus vieram ao mundo e nele permaneciam, quase nus e inocentes, não por serem incapazes de fazer o mal, mas por serem ignorantes do mal que lhes podia ser feito. Riam à minha volta, com a alegria de quem descobre pela primeira vez o hipopótamo no zoológico. Eu sabia como eles se sentiam, eu também tinha rido assim, bobamente, quando me deparei, havia pouco tempo ainda, com meu primeiro camelo solto, bamboleando livre num palmeiral da Argélia e chegando cada vez mais perto de mim.

A estrada por onde vou hoje passará a menos de uma légua daquele lugar que talvez ainda se chame Olho d'Água e abrigue um povo mais livre, junto a cada casa uma cisterna, como as que vi espalhadas ao longo deste trajeto antes de escurecer, novinhas, brancas, na forma de um peito materno, recebendo a água das biqueiras do telhado, no inverno, dando de beber aos filhos, no verão. Talvez. Mas esta mesma estrada pode ter sido a rota de fuga para todos eles e, quem sabe, já não estão lá os homens que, ainda meninos, me saudavam risonhos e me chamavam Maria.

Quando assim me chamaram pela primeira vez e respondi "Eu... Bom dia", cada um deles pôs-se a repetir

"Bom dia, Maria" e, rindo, encolhiam-se uns por detrás dos outros, assustados com seu próprio atrevimento. Dei-me conta, então, de que, talvez havia muitas gerações, não chegava um estranho para viver ali, naquele lugar escondido por onde ninguém passava, onde se acabava o caminho e era na direção contrária que corria o rio da vida migrante. Lá não se costumava chegar, de lá só se ia embora.

O motorista deste ônibus acende as luzes, para e deixa entrar um fiscal qualquer. Custo a adaptar a vista que descansava no escuro enquanto outros olhos, imaginários, viam os meninos de Olho d'Água. Mas a frase do fiscal, interpelação costumeira que me canso de ouvir em toda parte, lança-me de novo ao passado: "Já tem a passagem, dona Maria?" Dou-lhe o bilhete já de olhos fechados, ouvindo outras vozes.

"Maria, Maria, Maria", iam-me nomeando, eu me reconhecendo, "Bom dia", somente Maria, um dos nomes que certamente me pertenciam, mas até então tinha ouvido apenas na chamada da escola ou na voz de minha mãe quando se enfadava, o nome que declarei ao chegar, nem sei mais a quem, para servir-me como senha, fazer-me uma entre todas as outras Marias do lugar onde eu devia esconder-me, tornar-me como um peixe dentro d'água, preparar o terreno para quem viesse depois de mim. Olhávamo-nos curiosos, aquelas crianças e eu, não sabia mais o que lhes dizer, nem eles, intimidados eles e eu, e recomeçavam: "Bom dia, Maria", um a um, até o constrangimento se desfazer em riso e eles saírem em correria pela rua branca.

* * *

Numa das paradas deste ônibus vi entrar uma mulher com dois meninos vestidos em suas calças jeans, seus tênis e camisetas com uma besteira qualquer escrita em inglês e figuras de desenhos animados japoneses. Suas caras não enganam, são sertanejos como eram aqueles, mas já não têm a barriga inchada, a pele encardida e arranhada como os de quarenta anos atrás. Minha razão me diz que estes de agora vivem melhor e devo alegrar-me por isso, mas meu coração já não se enternece tanto como daquela vez, diante dos outros que eu acreditava precisarem de mim.

Os meninos daquele tempo, correndo como bichinhos ariscos, dirigiram meu olhar para uma cena de pura surpresa. O vermelho do céu da véspera, última cor a tocar meus olhos, antes da treva da noite e do branco incandescente do sol de verão sertanejo, quase a me cegar, dividia-se agora em feixes de inúmeras cores, cortando o espaço entre casas e algarobas. "O que pode ser isto? Como vieram parar aqui as cores da tinturaria que me encantava em Ghardaia, os matizes das artesãs mozabitas preparando as lãs para tecer seus tapetes ancestrais? Como chegou aqui o colorido das vestimentas das Guadalupes do deserto de Zacatecas?" Tive de fechar os olhos e tentar reorganizar as ideias. "Por que invento agora ilusões para convencer-me de minha volta a um daqueles outros exílios que me ofereceram e não reconheço que estou neste lugar, escondido e descorado, escolhido por mim como meu próprio deserto?" Eu me perguntava, confusa. Quando reabri os olhos, os matizes pareciam ainda mais vivos.

As cores moviam-se, e aos poucos percebi vagamente vultos humanos entre elas, traçando uma imensa teia multicor. Não havia outra saída para minha confusão senão aproximar-me deles, suportar seus olhares de curiosidade e dúvida, talvez suspeita, responder às suas poucas perguntas e pedir deles respostas para tudo, expondo-lhes todas as minhas ignorâncias. Foi meu primeiro e curto passo em direção a alguma humildade, indispensável para sobreviver naquele mundo ao rés das raízes, do qual eu nada sabia. Quando decidi tomar o caminho de volta para minha terra e entranhar-me no sertão, escolhendo o exílio para dentro, depois de atravessar todos os lugares para onde afluíam os que precisavam e os que não precisavam fugir, sem desejar permanecer em nenhum deles, pretendi tudo saber de antemão, o já acontecido e o ainda por vir, lendo tudo o que as literaturas me ofereciam. Mergulhar mais fundo na terra e abrir os olhos sob a superfície, porém, permitia ver uma vida miúda, insuspeitável, que não chegava à tona dos livros. A cada passo um espanto, obrigando-me a perguntar tudo a todos.

Tenho ainda uma noite inteira pela frente neste ônibus incômodo e terei de estar alerta e esperta para dizer coisas que pareçam inteligentes, quando chegar ao destino. Esperam isso de mim. Deveria dormir, descansar o espírito e os neurônios, tento acomodar melhor meus ossos velhos, mas o sono não se acomoda, vai e vem, mantendo-me suspensa entre as imagens daquele chão já fora do tempo e este chão de hoje, quase o mesmo no mapa, mas cujo perfil me causa estranheza, semeado de antenas e torres fazendo parecer miniaturas as casas, já não apenas brancas ou cor de terra, seus raros coqueiros e as algarobas. Na fronteira do sonho, para além do zumbido do motor e do ressonar dos outros viajantes, impõe-se aos meus ouvidos a música daquele povo, feita toda de incansável trabalho.

* * *

Custava-me caminhar pela areia solta daquela rua branca, como tinha me custado avançar pelas dunas do Saara, quando ousei, pela primeira vez, abandonar a estreita faixa de asfalto que as cruzava, e quase esperava ver de novo o homem então surgido do vazio, tocado pelo vento a enfunar-lhe o albornoz, recolhendo-se em seguida para rezar sobre sua almoçala. O mesmo peso dos pés afundados na areia, a mesma confusão da vista encandeada pela luz brutal do sol sem o filtro da umidade nem da poeira.

Caminhei atrás dos meninos para o lugar onde parecia haver mais gente e, aos poucos, os contornos esfumados ganharam nitidez e pude distinguir, uma a uma, as aranhas tecedeiras daquela teia colorida.

O silêncio da manhãzinha ia tomando uma qualidade nova, de burburinho, mistura de vozes, borbulhar de águas, mugidos distantes, farfalhar de folhas, pancadas de madeira contra madeira, cuja origem eu não identificava e ainda não faziam qualquer sentido.

Trabalhava-se ali tanto quanto nunca pensei que se pudesse trabalhar. O caminhão chegava aos sábados, carregado de fio de algodão cru. Aos domingos, todos, menos os poucos vaqueiros, permaneciam escondidos em suas casas, por respeito estrito à lei divina do repouso semanal ou pela exaustão feita lei, e a rua se despovoava como as cidades sagradas do M'Zab às sextas-feiras. Mas na madrugada do dia seguinte, neste outro vale, de areia entre paredes brancas, recomeçava-se um ciclo eterno: velhas banheiras de ágate rachado e salpicado de ferrugem, sobre suas patas de animais estrangeiros, resgatadas de algum ferro-velho de antiga vida urbana, serviam como cubas para tingir o fio que devia ferver por horas, em água salobra e anilinas corrosivas, sobre fogueiras alimentadas sem cessar pela lenha pobre, rapidamente consumida, exigindo um constante vaivém de meninos, fileira de formigas bípedes.

Mexer, sem parar, o fio e a tinta borbulhante, retirar com longas varas as meadas coloridas, fumegantes, e pô-las a secar sobre uma sucessão de cavaletes rústicos, desenlear o fio, já seco, e enrolá-lo em grandes bolas para depois urdir os liços, entremeando as cores em longas listras, transformar o povoado naquele espantoso arco-íris desencontrado, era trabalho de macho. Começava ao primeiro anúncio de luz do dia, no meio da única rua, e prosseguia até que eles já não pudessem mais ver as próprias mãos e o som do aboio viesse rendê-los, interrompendo-se apenas com o sol a pino, quando desapareciam todos por cerca de duas horas, prostrados pela fome e pelo calor. Em uma semana estava pronta a urdidura para transformar o fio bruto nas redes que me haviam embalado a infância e cuja doçura em nada denunciava o esforço sobre-humano e a dor que custavam.

Às mulheres cabia a estranha dança para mover os enormes teares, prodígios de marcenaria, encaixes perfeitos, sem uma única peça de metal, apenas suportes, traves, cunhas, pentes e liços, chavetas e cavilhas de jacarandá, madeira tanto mais preciosa quanto de mais longe vinha, os pés saltando de um para outro dos quatro pedais que levantavam alternadamente os liços, os braços a lançar as navetas e a puxar o fio, estendendo faixas de cor, a fazer surgir o xadrez das redes que eu tão bem conhecia, feitas berços no alpendre de meu avô, feitas mercadoria nas estreitas ilhas de verdura no meio das avenidas da metrópole, braços tão rápidos que pareciam ser muito mais de dois, transfigurando aquelas sertanejas em deusas indianas.

A cadência para seu trabalho e para o trabalho dos outros vinha do baque ritmado dos liços e dos pés, do assobio das lançadeiras e do rascar dos pentes, que escapava pelas portas e janelas dos quartos de tear que constituíam quase toda a casa de cada família. A melodia, quando havia, era a da cantilena das velhas e das meninas, assentadas em tocos de troncos tortos, à pobre sombra das algarobas, a trançar varandas e punhos para as redes.

Era das mulheres também a tarefa infindável de buscar água potável na única fonte a escorrer, preguiçosa, em oásis com coqueiral, mancha verde à meia encosta da colina que se elevava sozinha na paisagem, assim como a obrigação de controlar o movimento do burro a mover a nora para fazer subirem os alcatruzes de barro do fundo de um poço estreito, trazendo a água salobra, único bem que lhes dava fielmente aquele fundo de mar há milênios esvaziado. O canto sob as algarobas era sinal de que já estavam os potes cheios, as cabras amarradas a algum esqueleto de arbusto, o fogo aceso sob os telheiros entre as casas e os currais, moído o milho e consumido o cuscuz da madrugada, o feijão a ferver nos caldeirões de barro enegrecido, ou sinal de que já se haviam esvaziado os pratos de sua parca mistura de feijão com farinha, talvez enriquecida por laivos de sabor da carne de um preá ou de uma rolinha, saídos do bisaco de algum vaqueiro. Aquelas tarefas também eu tinha de aprender a cumprir.

Uma mudança brusca nos ruídos e movimentos deste ônibus obriga-me a abrir os olhos e divisar, pela janela, uma casa isolada à beira da estrada, amplamente iluminada, luz elétrica em abundância. Passamos diante dela em marcha lentíssima por causa dos buracos que reaparecem no asfalto, até há pouco liso como novo. Posso ver quase tudo lá dentro, mais coisas, muito mais coisas do que gente: sofás e poltronas forrados de plástico, imitando o mau gosto exibido pela televisão a despejar sua luz azulada e sons estridentes em alto volume, chego a ouvir daqui, competindo com o ronco do ônibus velho, a geladeira encimada por um pano de crochê e um ajuntamento heteróclito de bibelôs e garrafas com rótulos novos e brilhantes, a porta forrada de bugigangas imantadas, nas paredes, três ou quatro quadros grandes com paisagens de neve, do Arco do Triunfo, de uma choupana nórdica à beira de um riacho com roda-d'água, daqueles que se vendem de porta em porta em nome de uma beleza melhor e mais rica, estrangeira, os famigerados *racks* com aparelho de som, uma porta, cortina de náilon rosa-néon arrepanhada de lado, que revela parte do quarto onde pende acesa uma forte lâmpada, deixando-me ver um ângulo da cama coberta com colcha de babados, almofadas de falso cetim, um bicho de pelúcia e duas enormes bonecas louras, metade de um armário de aglomerado, novo em folha, revestido de fórmica branca e espelhos, tudo como se vê nos panfletos anunciando as eternas promoções de mercadorias de pacotilha a infestar qualquer cidade. O sertão não é mais sertão e ainda não virou mar. Fecho os olhos e minha memória recupera e estiliza a beleza despojada daquele meu outro sertão.

Desde quando, sem que eu me desse conta, as casas sertanejas encheram-se de trastes e abandonaram aquela estética do essencial, minimalista, diriam hoje, que me encantava na minha casinha e em todas as outras de Olho d'Água?

Quando eu terminava a ingente faina de preparar a refeição e de lavar minha panela, meu prato e minha colher com areia e dois canecos d'água salobra, escondia-me no quarto — na camarinha, ensinaram-me a dizer

— onde à noite armava minha rede de dormir, mas àquela hora quase inteiramente vazia de objetos, e esperava o momento do retorno ao trabalho. Nenhuma janela, a estreita porta fechada por uma cortina improvisada com um fio de arame e uma velha e desbotada rede de punhos mutilados, as paredes alvejadas a argila branca, insuportavelmente claras durante as manhãs. Excesso de branco, no começo do dia, mas banido quando o sol ultrapassava a cumeeira da casa e se enchia o quarto de uma penumbra alaranjada, cor de deserto, trazida pela luz oblíqua filtrada pelas telhas tortas, a cor que me surpreendera no Saara. Esse chão de terra batida tornava-se uma duna do meu próprio deserto.

Era a hora do grande calor e eu não podia dormir, como faziam os outros. Então armava meu banquinho de vaqueiro, um exíguo triângulo de couro curtido cujos ângulos encaixam-se nas pontas do pequeno tripé articulado, belo engenho sertanejo, tão simples e harmonioso. Antes de sentar-me, fazia minha mão, ressecada e gretada, deslizar pelo couro macio e luzidio e recebia dele uma qualidade que restaurava alguma coisa do frescor da minha antiga pele. Esses gestos já haviam ganhado, para mim, um valor ritual, como os gestos de quem desenrola e estende seu tapete de oração antes de curvar-se em direção a Meca. Como no meu primeiro entardecer nesse lugar, encostava-me à parede caiada, olhava o vazio e esperava perceber o absoluto.

O ônibus arranca de novo, ganha velocidade, a casa iluminada vai já desaparecendo do meu campo de visão quando, de relance, reconheço Fátima, que chega à janela, seu costumeiro vestido de flores desbotadas, o lenço branco na cabeça, a face serena, os braços fortes, inteiramente incongruente com este cenário cheio dos badulaques de outro mundo. Não pode ser a mesma mulher de quarenta anos atrás... Estou a ver visagens, benignas, porém, como só em sonhos.

Lembro-me, no meu primeiro encontro com aquele povo, em torno das banheiras fumegantes: assim que respondi mais uma vez "Maria, meu nome é Maria", ouvi "Eu sou Fátima". Havia uma única mulher a remexer uma caldeira de tinta, entre os homens mudos. Socorreu-me, com solidária coragem falou comigo, explicou-me cada coisa que eu via, pegou-me pela mão e me levou a ocupar seu posto enquanto ia olhar seu fogo, seu feijão, seus meninos, abriu um espaço para mim entre aquela gente que não me havia chamado, não precisava de mim. Um lugar fora de lugar, como o dela, no qual seríamos duas a receber no rosto o vapor ardente subindo da tina, a tingir o fio como um homem, os braços dela fortes como os deles, os meus, por certo mais jovens, incapazes de mover o peso das meadas no mesmo ritmo, quase inúteis para sustentar longamente o esforço que só a vergonha de desistir me fazia aguentar. Deus do céu! Já não posso mais, já não respiro, já não enxergo nada, ajuda-me, meu Deus! O calor, o peso, a vergonha, a humilhação. Salvaram-me as mãos de Fátima, soltaram o bastão das minhas mãos dormentes, enlaçaram-me a cintura e me conduziram para debaixo da algaroba à sua porta.

Encontrei ofício e família naquele canto escondido. Podia ficar, preenchida de estranha euforia, e, subitamente livre de uma espécie de cegueira frente ao desconhecido, comecei a ver cada um, cada coisa, cada movimento na sua unidade e seu sentido. Pelas mãos de Fátima cheguei ali de verdade.

Fátima ensinou-me todo o necessário para ao menos sobreviver. Não me ensinou tudo o que sabia, mas sim tudo o que se podia ensinar. As lições de coisas começavam ainda antes de anunciar-se o sol. O primeiro passo, para apressar a chegada de alguma luz, era reavivar as brasas preservadas sob as cinzas, durante a noite, com um abano de palha trançada, igualzinho ao que usava Lupita, minha mestra mexicana. Acesas as chamas, deitar um tanto exato d'água na panela e levá-la ao lume. Em seguida, fazer a rodilha com os trapos conservados de uma rede rota, acomodá-la no alto da cabeça e tratar de equilibrar o pote lá em cima, mantendo o espinhaço em obrigatória elegância. Trazer da fonte a água límpida para a sede, dois potes grandes para Fátima e sua ninhada, um pote menor para mim. Depois, manejar a nora da funda cacimba, despejar dos alcatruzes numa lata e trazer para casa a água salobra para todo o resto, lavar as vasilhas, os corpos e os trapos. De Fátima, a precisão dos gestos, nenhuma gota d'água ou de esforço perdida. De mim, tanta água e suor desperdiçados, exageros, desistências, gemidos. Dela, paciência e persistência em salvar-me. De mim, orgulho e teimosia, dia após dia imperceptíveis avanços. O primeiro raio de sol tocava o topo do serrote quando já estávamos pisando de volta a soleira da porta, acabada a primeira das infindáveis tarefas do dia. Terminávamos ao mesmo tempo, ela, suas idas e vindas, com passo leve e desempenado, eu, a busca de um mero pote da fonte, uma única lata da cacimba, arrastando-me.

Meu ônibus freia bruscamente, diante das lanternas agitadas na estrada à nossa frente. Sobe-me um frio pela espinha, retorno de antigos medos ou medo de que tenha chegado a minha vez, o assalto, quem sabe o tiro, enfim, o susto que tanta gente já me prometeu, se eu insistir em viajar de ônibus por essas estradas, "Um perigo! Na sua idade... Pegue um avião...". Os homens que sobem trajam a farda da polícia rodoviária, temos de descer, documentos de identidade nas mãos, o resto dos pertences deve ser deixado no carro. Roubo ou revista? Está buscando o quê, a polícia? Não, nem me arrepio, os tempos são outros, outros são os medos que se espalham feito vírus e atacam a mim também, antes certa de ser tão corajosa. Mas agora não me importa muito, não há nada de valor na minha bolsa, largo-a lá, desço, distingo uma pedra clara à beira da estrada, sento-me, fecho os olhos e deixo-me ir de volta para um amanhecer em casa de Fátima.

Já na madrugada seguinte àquela em que a conheci, Fátima mandou um menino buscar-me, antes de clarear o dia, como haveria de ser pelo resto das madrugadas, já que, com meus ouvidos urbanos e desacostumados, não bastavam os longínquos galos para me despertar.

"Agora, cuidar do cuscuz... Se você não aprender, vai comer o quê?" O cuscuz, Fátima repetiu várias vezes, não havia dúvida, a mesma palavra das vésperas de festa de minha família paulista, a mesma que me surpreendera no oásis argelino, na voz daquela outra, Fatuma, ensinando-me a umedecer e acariciar a sêmola até que se cobrisse o fundo de um amplo *al-gidar* com uma grossa camada branca, leve e granulada, que o vapor transformaria no *kuskus* nosso de todo dia. Como hoje, uma palavra, uma imagem, um gesto bastavam para fazer ressurgir outros, lembranças, ao sabor dos acasos, como os vários rolos de um filme projetados fora de ordem, ajudando-me a reconhecer o desconhecido.

O alguidar de Fátima só continha milho amarelo, seco, duro, intragável. Espantei-me. Por que não pôs o milho seco de molho desde a véspera, como eu via Lupita fazer, com um punhadinho de cal virgem, para que estivesse amolecido e quase pronto para virar *tortilla* na manhã seguinte? "Quantas horas isto levará a ferver até alguém poder mastigar?" Perguntei. O riso da mulher, "Você já vai ver só quem é que vai mastigar esse milho... Traga o alguidar".

Segui a mulher para o telheiro atrás da cozinha, sentou-se num tamborete ao pé de dois pesados discos de pedra áspera, sobrepostos, pousados sobre um cepo. O disco inferior levemente côncavo, com uma ranhura do centro à margem. Sobre este se encaixava perfeitamente o segundo, pouco menor, com um furo no meio e outro furo próximo à beira, no qual se engastava um bastão curto, de madeira lisa, polida por incontáveis mãos. Uma pequena mó manual, como eu nunca tinha visto, escultura tão refinada, objeto tão perfeito e arcaico quanto o *metate* de pedra no qual Lupita triturava seu milho branco para obter a massa a ser palmeada até tornar-se a fina *tortilla de maíz*, que me ensinou a vigiar e virar sobre o *comal* até cozê-la ao ponto certo.

Fátima agarrou a manivela com uma das mãos e pôs-se a girar o disco com ritmo continuado e firme, a outra mão tirando punhados de milho do alguidar e deixando-o cair depressa, grão por grão, no furo do centro. Uma farinha granulada escorria, amarela e brilhante, pela ranhura entre as duas pedras, enchendo aos poucos a panela de barro disposta no chão. Eu disse "Que lindo", ela riu, "Quer fazer?", "Quero, é claro!". Comecei por tentar despejar o milho pelo orifício central, perdendo logo uma porção de grãos por não acertar com a direção e o ritmo, até que, entre risadas dela, das crianças e minhas, encontrei o gesto justo, "Agora toque também a pedra de moer que eu tenho mais o que fazer", sorriso malicioso de Fátima, eu não entendi logo, peguei a manivela e tentei manter o giro da pedra. Nem com as duas mãos. "Quando serei capaz de comer do meu próprio cuscuz?"

Aprendi, antes do que esperava, a moer, na mó de Fátima, o milho comprado aos bocados com centavos poupados da água, a umedecer a massa ao ponto certo, a acomodá-la num pano de algodão sempre incrivelmente limpo, dar-lhe a forma do cuscuz, acomodá-lo perfeitamente na larga boca cônica abrindo-se acima do bojo redondo da cuscuzeira de barro, especialmente torneada para sua função, beleza de desenho e olaria, pô-lo a cozer no vapor da água fervendo no oco do bojo, manter o lume.

Alegrava-me buscar a cada dia atingir a econômica precisão dos gestos de Fátima, até que se tornassem um ritual perfeito de culto à vida cotidiana e aos poderes de Deus que, ali, tão claramente a mantinham como milagre. Assim foi com o equilíbrio do pote d'água na cabeça, com o tingimento do fio, a urdidura dos liços e com a ciência da montagem do tear de minha amiga, quando, finalmente, chegou a última peça, precedendo de algumas semanas a volta do seu homem.

Aprendia eu, a cada dia, muito mais e indispensáveis saberes para a teimosa vida nos mais hostis cantos do mundo do que as letras que eu viera trazer-lhes, úteis apenas em mínimas ilhas de privilégio desigualmente espalhadas no globo terrestre.

De tudo, guardei muito mais a beleza das formas e movimentos essenciais do que o custo da aprendizagem, a dor dos músculos, dos pés, a exaustão pelo calor. Naquele mundo de escassez, a força e a beleza do trabalho humano saltavam aos olhos, eu aprendia a viver ali, retomava esperanças, ia, aos poucos, deixando descansarem em paz os meus mortos e perguntando-me quando seria capaz de saber o que fazer para transformar em nova vida as injustiças e dores. Aprontava-me para ficar por longo tempo.

Alerta-me a buzina do ônibus, só eu tinha ficado ainda do lado de fora, absorta, estranhamente confortável no assento de pedra. Podemos seguir viagem, era tudo mera rotina de segurança, disseram os policiais. Volto à minha poltrona e ponho-me a pensar na diferença entre as rotinas determinadas pelas leis dos homens e a simples fidelidade aos ritmos inexoráveis da vida que me levam de volta ao meu velho sertão.

Naquele antigo canto de mundo, sem fios e lâmpadas elétricas, o escuro da noite apagava quase tudo cá embaixo, mas acendia uma multidão de estrelas como só se veem nos desertos ou em alto-mar. O calor demorava a dissipar-se, impossível enfiar-me logo dentro de casa e dormir. Em cada boca de noite, confortados pela macaxeira e aquele café matuto, mistura de sei lá quais grãos, os candeeiros já apagados por necessária economia de combustível, sentávamo-nos, quase todos os adultos, sob a mais ampla das algarobas. Havia histórias que se contavam e recontavam em prosa e verso, cantavam-se os acontecimentos do dia em redondilhas compostas de repente, métrica e rimas perfeitas. À nossa volta mais ouvíamos do que víamos a criançada entretida em correrias e brincadeiras, seu chilrear, às vezes miados, latidos ou mugidos, um que outro grito, uma que outra cantiga nos envolviam numa manta de segurança: estava tudo em paz.

Eles pediam-me também minhas histórias. Comecei, sem plano, como se fosse a resposta natural, a falar do Saara, da gente de lá, do cuscuz de sêmola acompanhando o méchouí, de Fatuma, da arte de tecer os tapetes, das dunas, dos pastores de cabras e ovelhas, dos cantis de água fresca dependurados no meio das ruelas das cidades muradas, para saciar a sede dos passantes, "Como o pote que dona Zefinha deixa lá debaixo do cajueiro dela, na ponta da rua, pra quem vem tão seco que não dá pra esperar chegar em casa, não é?", comentavam, riam, nada descriam das minhas notícias da Argélia. Adivinhavam até mesmo como era a festa pela chegada do *oued*, aquela imensa enxurrada a correr por um leito milenar, quando chove nas montanhas de pedra do deserto, a atravessar as dunas e desaparecer pela boca das cisternas seculares cavadas na rocha de seu leito, alimentando os oásis, "Como o rio seco daqui, que só se enche quando chove nas cabeceiras. Se a gente tivesse essas cisternas... Mas aqui o chão é só pedregulho e areia. Se tiver pedra firme é só lá no fundo, já bem de junto do inferno, e o homem nunca vai construir de cimento uma coisa boa dessas pra acabar com o comércio d'água que pra ele é só lucro".

Continuamos a cada noite, fomos ao deserto de Zacatecas, com seus *nopales*, cactos, agaves e garranchos, "como nossa caatinga"; falei-lhes de Lupita, do seu milho branco, seu *metate*, seu *comal*, seu leve tear de cintura, improvisado com simples varas amarradas, falei-lhes de outros povos, outros campos, cidades, eles queriam sempre mais, eu tecia narrativas.

Da razão oficial, mas nada convincente, pela qual eu tinha vindo parar ali, eles estavam informados pelo vereador que distribuía favores e dons naquele distrito, eternamente reeleito com o respaldo do Dono e suposto doador de tudo.

Eu me tinha apresentado seguindo um pequeno anúncio num diário oficial listando os municípios onde se necessitavam alfabetizadores para o Mobral, e fui logo aceita, sem mais perguntas, porque, de Brasília, pressionavam os chefetes políticos da região, e ninguém mais, capaz de enfileirar uma letra atrás da outra, estava disposto a se exilar em Olho d'Água e ensinar a ler e escrever aos jovens e adultos, "... pra ler o quê, aqui? Só se for marca de ferro em lombo de boi". Novena, o Ofício de Nossa Senhora? "Carece de ler não, toda velha sabe de cabeça e toda menina aprende que nem aprende a cozinhar e a parir... Mesmo a moça que já andou ganhando esse dinheirinho do governo aqui, porque o vereador se engraçou dela e até acabou levando pra cidade, pois escrever, ela escrevia, tirando tudo direitinho do livro pro quadro-negro com letra até bonita, mas ler? Lia nadinha, não."

Que eu pusesse a funcionar meu tear de palavras, desenrolasse e refizesse as meadas de histórias do vasto mundo, foi o que eles passaram a me pedir, todas as noites, revelação ou designação de meu ofício próprio, minha parte naquela vida, meu direito de ficar, contar-lhes sobre outros mundos, à toa, só por saber, gratuitamente. Isso lhes interessava muito mais do que minha promessa de lhes ensinar o abecê, justificativa pública da minha presença ali naquele canto de mundo. Em troca, aos poucos, começaram a devolver-me as suas próprias histórias, a percorrer as páginas dos folhetos de feira passados de geração em geração e lidos no escuro com os olhos pousados nas estrelas. Aos poucos revelavam-me até as coisas das quais ninguém falava durante os longos dias de trabalho porque ali já se nascia sabendo.

Eles me ofereciam assim suas histórias, duramente realistas ou risonhamente fabulosas, entremeadas com as minhas, compondo novo xadrez de mundos diferentes, e eu aprendia o que era pertencer, de fato, a um povo. Falávamos baixinho, sob o eco distante da algazarra das crianças, como a proteger nossos segredos de misteriosos ouvidos invisíveis que porventura ali vagassem. Ouvindo-os, voltavam-me à lembrança versos de um soneto, de Bilac, aprendido decerto em algum livro escolar: "Ó vós, que, no silêncio e no recolhimento/ Do campo, conversais a sós, quando anoitece,/ Cuidado! — o que dizeis, como um rumor de prece,/ Vai sussurrar no céu, levado pelo vento...".

Mais uma vez sou sacudida pela frenagem deste ônibus, as luzes acendendo-se, o motorista que deixa seu assento e vem até a fileira anterior à minha, onde um casal de jovens atraca-se em longos beijos e gemidos, olha-os fixamente por alguns segundos até se apartarem e, sem nada dizer, volta ao seu lugar retomando a viagem. Teria algum passageiro reclamado da exibição? A cena me recorda, de repente, de onde vinham aqueles poucos versos tão adequados às noites de Olho d'Água: não mais que retalho de um soneto meio ridículo, a falar de mortas virgens transformadas em estrelas, exortando os namorados a não as inquietar com a inveja daquilo que elas nunca conheceram. Tão fabuloso quanto os inventos dos meus contadores de histórias sertanejas! Rio-me para dentro, penso em como ganha novos sentidos e permanece autônoma na memória uma estrofe apartada de seu poema original. De quantos farrapos, recolhidos assim em qualquer caminho, se alimenta nossa imaginação? Decerto minha vida tinha ganhado novo e renitente sentido a partir daquele retalho vivido entre gentes e cactos esquálidos.

Fui compreendendo. Ali, naquela beira de mundo, os únicos bens indispensáveis que só dinheiro comprava eram a água e o tear.

Aquele fim de mundo, que eu tinha buscado imaginando-o escondido e ignorado por todos, tinha dono, o Dono, do morro que continha a milagrosa mina d'água perene, dono mesmo, "de papel passado", disseram, dono da vida e da morte naquele território que eu ousara invadir sem saber o que fazia. Só ele tivera meios para trazer a máquina, os blocos e o cimento, mandar cavar aquela cacimba estreita e funda onde não faltava a água salobra essencial para sua tinturaria, tivera recursos para comprar a nora e as correntes que baixavam e levantavam os alcatruzes, dinheiro e poder para pagar e acobertar os jagunços e as armas que o representavam. E cobrava caro. Cada pote d'água doce, cada lata d'água salgada custava dinheiro. Era o Homem, o mesmo dono do caminhão e do fio, sem o qual os preciosos teares nada valiam. Mandava o algodão cru e as anilinas e levava as redes deixando apenas alguns centavos pelo trabalho, quantia ínfima que voltaria quase toda aos seus cofres em troca de potes e latas d'água. Era preciso a labuta de uma família inteira, a vida inteira, era preciso a herança familiar de um tear próprio, só para pagar a ração mínima de líquido durante os longos meses de estio.

Se havia inverno, explicavam, três curtos meses de chuva, então tudo verdejava, sertão afora, e se colhia o que se conseguisse semear de jerimum e melancia, maxixe, quiabo e sobretudo de mandioca, milho e feijão, a consumir parcimoniosamente ao longo dos verões, multiplicavam-se na caatinga os preás e as rolinhas, até mesmo aparecia algum gordo tatupeba, algum peixe ou pitu subia o rio mais próximo, agora cheio, abundavam o leite das vacas, queijo e coalhada, mel de uruçu, festejava-se fartamente o São João, adoçava-se um pouco a existência cativa de um jugo vindo quem sabe de quão remoto tempo. Graça dos céus, milagre de Deus para recriar a vida, diziam. Mais que tudo, alegravam-se com a água a escorrer pelas telhas e a encher, sem cobrar tostão, quantos potes, fôrmas, bacias, baldes e panelas houvesse, água doce, água do céu rebatizando a gente sob as bicas dos telhados.

Se não havia inverno, fora das terras irrigadas pelo filete d'água a escorrer da fonte perene, e ciumentamente cercadas e privadas, nada mais restava senão alguma escassa e insuficiente mandioca resistindo nos roçados esturricados, e só o Dono os podia salvar. Eram-lhe gratos, deviam-lhe sempre, sem jamais o ter visto em carne e osso. Como se fosse deus. Era mais temível e forte porque invisível. Quem quis viver sem ele, quem não se submeteu, quem vendeu o tear em troca da viagem para o vasto mundo, perdeu-se por lá e já não encontraria mais caminho nem lugar se a saudade apertasse.

O que poderia eu dizer contra um poder invisível? Se até mesmo os seus homens de armas permaneciam encafuados em seus esconderijos, para surgir de repente nas raras ocasiões em que o medo já estabelecido não bastava para manter tudo funcionando segundo os desígnios do Homem. O que seria feito dos meus projetos, do que eu tinha aceitado como minha missão e, por caminhos travessos, me trouxera para aquele lugar e aquela gente?

* * *

Chegamos de novo a uma parte de estrada recém-
-asfaltada, o ônibus embala numa corrida perigosa, creio
ver um traço de luz a leste, os ponteiros fosforescentes do
relógio do vaqueiro ao lado me dizem que esta viagem
haverá de acabar em algumas poucas horas. Não quero
que acabe ainda.

Desejo continuar esta noite por um tempo sem
fim, como se ainda estivesse lá, encostada ao tronco es-
guio da árvore transparente deixando ver o céu através
de sua copa rendada, adivinhando mais do que vendo os
outros à minha volta, muito juntos, brincando com as
palavras, nomeando luzeiros e constelações, os nomes que
eles lhes davam, os nomes que eu aprendi em outros cantos, interpretando seus recados, dizendo as saudades e os
desejos de cada um às inúmeras estrelas cadentes.

Agora espio pela janela as estrelas em movimento,
mais brilhantes no sertão, creio, que em qualquer outro
lugar do mundo. Essas, sim, continuam as mesmas aos
meus olhos, por mais que os astrônomos nos digam o
contrário.

Uma noite, tentando ensinar-me a adivinhar a
data na folhinha pela posição das constelações, Fátima
me contou. Havia cinco anos, o marido, Tião, se fora
embora, buscar dinheiro onde havia. Na agricultura, ali,
mais nenhuma esperança. Ele tinha tentado. Era o que
restava para quem não tinha tear nem gado. Terra havia
de sobra, mas nada de comer medrava o suficiente para
manter tantas vidas o ano todo. Perdera suas duas ou três
reses de sede ou de picada de cobra. Mal acabou de lançar

a última pá de terra sobre a cova rasa do filho mais novo, arrendou a outro, por um nada, as terras abaixo da parede do açudezinho, agarrou o saco de algodão onde já havia metido a certidão de nascimento, a outra muda de roupa, o novo par de alpercatas currulepe, uma velha rede remendada e foi-se. Sem dizer mais nada. Não era preciso. As últimas chuvas, como ato de despedida, haviam arrombado a parede do açude, a duras penas erguida sob a vertente do morro por onde corria a enxurrada em ano de inverno bom. As outras águas eram do Homem, do Dono.

Ela, Fátima, ficou, seca, quem sabe se viúva. Por um tempo incontável. Mulher sem tear e sem homem, assumiu trabalho de macho, tingindo fio no lugar de um ou outro impedido por doença, luto, viagem ou devoção. Urdia teares de outras famílias, trançava varandas ao fim do dia. Por centavos, ou por um alguidar de milho, ou por seis paus de macaxeira, duas rolinhas, seus meninos caçando lenha no mato, sempre arranhados, os pés estrepados, por centavos. Mais pobre que todos, Fátima. O marido não lhe mandava nem tostão do que ganhava, era tudo para o tear, nem notícias, analfabeto. Cartas dele eram os paus de jacarandá já entalhados que, por vezes, o caminhão do fio trazia, o tear chegando esquartejado.

Fátima me mostrou, alisou com ternura, nomeou com exatidão cada uma das peças da primitiva máquina incompleta, amontoadas num ângulo de seu quarto de tear ainda quase vazio. Quando pronta, montada peça por peça, a estrutura encheria todo aquele espaço. Espaço de sobra, sinal, aqui, de pobreza extrema ou, em outros mundos, de riqueza indecente. Faltava pouco mais que um punhado de cavilhas. Nos domingos, me disse, quando amainava a azáfama da semana, ela se apoiava ao parapeito da janela, olhando o chão esturricado, sua própria pele seca como o papel velho e inútil da escritura da terra, sentindo seco o oco do útero, nenhum cheiro, nenhum gosto nas mucosas ressequidas, nos ouvidos, só o estralar dos galhos secos e a lembrança da voz dele. A cara de Tião já estava se apagando de sua memória e sabia que ia voltar outro, muito mudado. Havia de reconhecê-lo pela voz, pelo seu modo de aboiar e, por isso, deixaria que ele a emprenhasse de novo.

Maior que os duros fatos, incontornáveis, só a força dos sonhos e da fantasia, do assombro e dos encantados a puxar a vida para a frente, dia após dia. Era disso que lhes interessava falar, e eu podia ficar para sempre ouvindo a conversa risonha de Fátima, contando uma e outra vez, chego a ouvir-lhe a voz ainda agora, aqui:

"E quando veio o milagre do cinematógrafo? Foi quase em tempo de São João, invernozinho bom o daquele ano! Ninguém foi atrás da conversa fiada de quem já tinha viajado pra lugares de muito progresso e dizia que aquilo não era nada de mais, milagre nenhum, só retrato bem grande se mexendo, colado na parede. E não é sempre assim com esse povo viajado, desmerecer de quem ficou, se apresentar de sabe-tudo e querer fazer o pobre matuto se achar besta? A gente arrumou o dinheiro como deu, quebrando o porquinho, fuçando no baú da avó, pedindo emprestado na bodega, no armazém das redes, sei lá como, mas, à boquinha da noite, quando Seu Eliel puxou o cordão e ligou o motor de energia elétrica, que naquele dia por milagre funcionou, estava Olho d'Água inteira no galpãozinho do mercado pra ver a novidade. Só não veio menino de colo, velhinho de rede e mulher de resguardo. Até Arduíno, cego de todo, veio ver aquilo. Quem não tinha trazido tamborete, sentou no chão mesmo, sem se importar nem um pouco, que pra assistir a milagre ninguém exige comodidade. Desde manhãzinha, andava um cabra, com um funil grande na boca, gritando: 'Finalmente, o Cinematógrafo chegou a Olho d'Água! Pela primeira vez, você vai ver o maior milagre do nosso século! É só quinhentorréis por cabeça'. Era coisa que nem em Paulo Afonso não tinha, disseram. O homem chamado Cinematógrafo entrou primeiro, carregando debaixo do sovaco duas rodas de uns três palmos cada uma, parecendo carretilha de máquina de costurar, mas não eram, não se via linha nem máquina nenhuma e as carretilhas eram desse tamanho. O ajudante dele vinha atrás transportando uma caixa preta e mais uns pedaços de ferro, um fio elétrico bem comprido e botou a ponta lá no quadro junto do motor da luz. O tal do Seu Cinematógrafo buliu um bocado na caixa preta posta em cima de uma banca de feira, enfiou nela os dois ferros que ficaram abertos pra cima feito dois braços de romeiro rezando pro céu, encaixou neles as carretilhas que não eram de costura, puxou dali uma fitinha preta e gritou 'vai começar!'. Daí o ajudante dele foi lá na chave e desligou a única lâmpada. Ficou uma escuridão danada e nós tudo quieto, esperando, esperando, até se ouvir tocar uma campainha igual àquela que o representante do cartório, Seu Heleno, bate com a palma da mão pra chamar o próximo, mas ali ninguém via nada, não sabia quem era o próximo e nem pra quê. A campainha tocou pela segunda vez, não aconteceu mais nada, voltou o silêncio e continuamos, o povo quieto, um tempão, esperando na escuridão. A essa altura a gente já começava a se cutucar, a cochichar, sem entender nada, minha irmã Ducéu me dando cotovelada nas costelas pra eu ficar quieta, que nem se aquilo fosse uma igreja, até Lau de Aparecida, com aquele vozeirão de vaqueiro, falar 'mas que diabo é isso?, quinhentorréis pra ver um milagre besta desses?'. Cresceu a zoada do povo se mexendo, reclamando o dinheiro de volta, uns já começando a se levantar, quando, de repente, saiu um clarão da caixa preta e lá, onde antes ficava a parede do fundo do mercado, apareceu, muito grande e colorido, um campo de terra vermelha e as encostas de uns morros altos descendo, um de cada lado, pra uma baixada bem no meio do mercado, com alguma moita verde e um bocado de mandacaru, palma e xiquexique espalhados por ali, debaixo de um céu azul e um sol forte que não dava pra gente acreditar, porque naquele lugar chovia que só! Fiquei esperando sentir os respingos, mas do lado de cá continuava tudo seco. Cá no mercado, não fossem umas letras passando ligeiro pela frente, atrapalhando um pouco a vista, dava pra ver direitinho cada risco branco da chuva forte caindo direto do céu limpo pra terra e, aqui e ali, correr uma mancha brilhante, estrelada, que só podia ser relâmpago, coisa de outro mundo, só podia, que aqui mesmo só relampeia em março ou abril. Aí eu pensei que estava entendendo qual era o milagre: abrir, dentro do mercado, uma porta pra outro mundo onde invernava forte, com muita água e corisco debaixo de céu azul e sol quente, sem nuvem nenhuma. Que bom que era se aqui também fosse assim, dava pra mais de duas safras por ano! Eu já estava contente, era milagre bastante pros meus quinhentorréis. Que nada! Aquilo era só o começo, porque de repente eu vi aparecer lá no alto dos morros do outro mundo, perto do canto onde fica a banca do sabão de cinza de Tudinha, quase encostando no telhado do mercado, um bocado de gente a cavalo, num galope desatado, debaixo daquela chuva toda, com as espingardas e parabéluns na mão alevantada, dando tiro pro alto. Mesmo com o povo todo de Olho d'Água gritando de espanto, dava pra ouvir muito bem o barulho dos cascos no chão do outro mundo, os tiros e os gritos daquela gente de lá, de cabelo comprido e penas na cabeça. E, olhe só!, do outro lado, nos morros que ficavam junto da banca de peixe seco de Aristolino, outro bando de cavaleiros, de chapéu de aba larga na cabeça e lenço amarrado tapando a cara, descendo avexados e dando tiro do mesmo jeitinho. Ora se via um lado, ora o outro, e depois parecia que a gente afastava pra trás, ficando mais longe daquele mundo e vendo de uma vez só os dois bandos atirando e correndo, um no rumo do outro. E a gente afastando e chegando, vendo tudo de uma vez, depois um bando só, de pertinho, de longe tudo, o outro bando bem junto, parecia que a gente estava avoando pra lá e pra cá feito um bando de pássaro assustado espiando tudo o que se passava. Vinham tão depressa que quase parei de respirar, esperando o encontrão acontecer no baixio, bem no meio da parede do mercado. E lá vinha aquela gente galopando sem ligar nem pra tiro, chuva e raio, nem pros que iam caindo, tudo morto no chão, homens e cavalos, a gente quase sem ar, se agarrando de medo e daí, péééém, se ouviu uma chicotada, sumiu aquilo tudo e ficou só um clarão branco na parede. O povo, assombrado e calado, começou a se levantar, mas o homem da máquina gritou que não tinha acabado não, seu Eliel quis acender outra vez a lâmpada do galpão, mas ela só fez pipocar e se queimar, e a gente só via Seu Cinematógrafo e o ajudante dele acendendo uns fósforos, mexendo com as carretilhas pra um lado e outro e gritando: 'Já vai, já vai começar de novo'. De um susto apareceu na parede tudo como antes, no ponto certinho em que tinha sumido, quase todo o mundo morto debaixo de sol e chuva. E aí, sim, aí é que foi milagre! Pois os dois bandos que antes vinham correndo pra se trombar com o outro no meio da parede, de repente, começaram a galopar pra trás. Foi um grito só de espanto de nós todos, que nunca se viu nem o melhor vaqueiro daqui, o maior campeão de vaquejada, fazer uma coisa dessas. Fazer um cavalo galopar pra trás? Um passo que outro, vá lá, mas um galope daqueles? 'Vote, coisa do Cão!', diziam. Está achando pouco? Ah, pois, teve milagre ainda maior, que só Jesus Cristo: enquanto os vivos iam galopando de ré, os mortos que tinham ficado no chão, por certo pra não morrer de novo pisados pelos animais, começaram a ressuscitar, cavalo caído e sangrado, de repente, chupava o sangue do chão pra dentro dele de novo e, quando se via, já estava galopando pra trás, com o cavaleiro que tinha voado da terra pra sela sem nem pôr o pé no estribo e foram voltando, assim, todinhos, da morte pra vida e da vida pra fora da parede do mercado, ficando ali no galpão, só mais um minutinho, aquele outro mundo vazio, a chuva caindo forte debaixo do céu azul e do sol quente. Foi mesmo só aquela vez, porque até o motor da luz ficou tão assombrado com aquilo que nunca mais quis funcionar e o Dono nem botou outro, até hoje, mas valeu pra vida toda, só de lembrar."

Quando a melancolia me pegava, pela saudade, pela falta de bússola que apontasse norte certo para minha vida, pela sensação de que o mundo lá fora havia desaparecido, ou o tempo deixara de passar e o dia da grande transformação jamais haveria de chegar, quando a tentação da desistência esgueirava-se por entre minhas tarefas cotidianas, eu pedia a Fátima para me contar de novo como tinha sido o milagre do cinematógrafo, tantas vezes que hoje ainda posso ouvir sua voz e sua linguagem, e matava-me de riso, ríamos as duas, minha amiga exagerando, inventando detalhes, imitando novas vozes e falas para fazer-me rir ainda mais, sabendo muito bem que me restaurar o ânimo era tarefa sua e de seu imbatível senso de humor, indispensável à sobrevivência naquela aridez.

Essas narrativas de Fátima me faziam emendar riso com riso, lembrando minhas cômicas experiências na casa de Monsieur Aoum, no oásis de Ghardaïa. Eu, sendo hóspede e estrangeira, europeia, como me diziam, por mais que explicasse que brasileiros não somos europeus, tronchamente sentada sobre tapetes e coxins, a tomar parte na refeição dos homens que, em atenção a mim, mesmo entre si só falavam em francês, mercadores sagazes a tentar arrancar-me sabe-se lá quais informações que lhes pudessem ser úteis. Eu, depois de tantos pitos levados na infância para comportar-me bem à mesa, segurar como se deve o garfo e a faca, então ali, tensa, tendo de aprender as boas maneiras argelinas e apanhar meu bocado de méchouí na travessa comum, usando apenas três dedos da mão direita, sem permitir que nem sequer uma gota do molho ultrapassasse os nós dos dedos ou respingasse para fora da gamela. Quando eu estava quase pretextando um mal-estar qualquer para escapar ao constrangimento, ouvi risinhos, "psiu, psiu", e vi, por entre as dobras da cortina separando o espaço da casa reservado às mulheres, uma faixa estreita do rosto de Fatuma sem o véu costumeiro, um dedo a me fazer sinal, "vem, vem depressa", e Monsieur Aoum, num amplo gesto senhoril, indicando-me que seguisse suas mulheres. Levantei-me, desajeitada, atravessei a cortina e fui arrastada às pressas por elas, entre risos e excitados comentários em árabe, incomprensíveis para mim, até que se largaram, puxando-me com elas, sobre almofadões coloridos, diante de um imenso televisor no qual, falando em puro árabe, moviam-se os personagens, já meus vagos conhecidos, de um seriado norte-americano absolutamente incongruente naquele cenário. Pena que eu não podia compartilhar com minha Fátima sertaneja a razão desse meu outro riso, cuja graça seria tão incompreensível para ela quanto era para mim o que se podia estar passando nas cabeças das minhas amigas argelinas diante do dramalhão a desenrolar-se também em outro mundo.

Aos poucos eu me aclimatava e aprendia a dançar conforme a música de madeira contra madeira, mugidos, balidos, versos e cantorias do cotidiano sertanejo, a desfrutar de cada um dos momentos que compunham aqueles longos dias, a embevecer-me com a beleza refinada e lacônica de cada fala, cada som, cada gesto, cada objeto utilitário ou devocional cujo uso ou sentido ditava rigorosamente formas, entonações, texturas, mas nada rivalizava com o deleite que me preenchia os fins de tarde, desencadeado pelos primeiros sons anunciando a volta dos vaqueiros. Passados alguns dias, já era capaz de reconhecer cada um daqueles homens a me saudar, solene e silenciosamente tocando as curtas abas de seus chapéus de couro, e aprendia seus nomes arcaicos, Cíceros, Severinos, Zés, Pedros, Tobias, Nicodemos, Josués, Arquimedes... quando se interpelavam, comentando os acontecimentos da jornada.

Quando o sol começava a despencar rapidamente para o poente e as sombras escorriam compridas pelo chão, meu coração se dilatava e me movia para uma das pontas da rua, quase sempre para os degraus da capela, bem perto da minha casa, algumas vezes para o outro lado, custando-me o esforço de uma caminhada mais longa pela areia fofa, a buscar acomodação entre as enormes raízes do cajueiro velho sob o qual dona Zefinha mantinha sempre cheio um pote de água fresca para dar logo de beber aos que chegavam do mato, promessa feita a são José num ano de chuva tardia. Pouco acima do pote, pendurada de um prego no tronco da árvore, uma quenga de coco com longo cabo de madeira, para se colher a água do pote, as beiras da concha caprichosamente recortadas em serra, "pros apressados não beberem direto da quenga, não vá se melar a água de cuspo...".

Em qualquer desses dois lugares, com os olhos fechados para aguçar os ouvidos, o primeiro encanto era o som longínquo dos aboios, a crescer e aproximar-se lentamente, até fazer-me adivinhar, antes de abrir os olhos, a bela silhueta dos vaqueiros e suas reses, a contraluz, mais impressionante ali, desenhada sobre o céu incandescente para além do descampado em frente à capelinha. Do lado de dona Zefinha do Cajueiro, a perspectiva era menos ampla, mas acrescia-se à visão o despertar do olfato, quando eles se acercavam do pote d'água, sedentos, com seus odores de couro, esterco, charque, suor de homens e bichos transmudados em perfume naquela paisagem árida.

O cheiro a ocupar-me a memória parece cada vez mais forte, e me dou conta de que não é só lembrança. A mãe dos dois garotos sentados logo atrás de mim abre um farnel qualquer e ouço, sussurrado, "Cuidado para não derramar a paçoca, filho, foi só isso o que sobrou". Viro-me e percebo, à fraca luz das lâmpadas de vigia ao pé das poltronas: a mãe inclina-se por sobre o corredor, estendendo aos filhos, em guardanapos de papel, a saborosa mistura de carne de charque desfiada com farinha de mandioca, dando-me água na boca e saudade. Provavelmente caminharam longamente pelos sendeiros espinhosos da caatinga até chegar à estrada federal e tomar este ônibus. Apesar das aparências, nem tudo mudou tanto assim neste sertão. Lembro-me da barrinha de cereais que, prudentemente, sempre trago na bolsa, o que resolve meu apetite atiçado pelo cheiro da paçoca enquanto a saudade me leva de volta a Olho d'Água.

Com a recompensa diária do canto ao entardecer, surpresa e envaidecida pelas minhas novas habilidades e a força adquiridas a olhos vistos e louvadas por todos, acreditava que dali em diante estabeleceria uma rotina, à qual só faltavam as aulas ao cair da noite, ainda à espera da designação de um local e do material didático mínimo, como o vereador me tinha prometido, "só lá pra depois das festas e das férias". De novo algum futuro começava a insinuar-se na minha imaginação quando, já entrado dezembro, de repente, outro passado irrompeu do modo mais inesperado.

Acabado o trabalho de tingimento das meadas que nos cabiam para o dia, Fátima foi tratar de banhar seus meninos, curar-lhes as feridas, e eu, sob o sol ainda brilhante, caminhei até o cajueiro de dona Zefinha para esperar o ocaso, mas, antes dele, vi chegar, sem se fazer anunciar por nenhum canto, um grupo de quatro ou cinco vaqueiros que não pude reconhecer.

Não vinham, como de costume, pelo estreito caminho arenoso já calcado por tantos cascos. Desembrenhavam-se diretamente da caatinga cerrada, quase em frente ao cajueiro, apeavam, amarravam os cavalos num mourão de cerca e um deles chamou "Salve, dona Zefa, aqui viemos outra vez atrás da caridade de vosmecê!". "Faz tempo é muito que não apareciam por este lado do rio", ouvi responder a velhinha, já capengando porta fora. Veio até junto do pote, onde os homens, ao contrário dos moradores dali, acostumados a servir-se à vontade, esperavam respeitosamente, apanhou a quenga de coco e pôs-se a entornar água fresca nos canecos estendidos pelas mãos protegidas em couro, avançando com a concha já de novo cheia para outros cavaleiros que saíam do meio dos garranchos, saudavam e desmontavam, desenganchando seus canecos dos cabeçotes das selas. Eu contemplava aquela liturgia de hospitalidade, imóvel e silenciosa para não a perturbar. Compreendia, pela pouca conversa entabulada, tratar-se de um grupo de vaqueiros de fazendas do outro lado do rio, distante pouco mais de uma légua dali, passando eventualmente por Olho d'Água em busca das reses do patrão e suas novas crias a ferrar, gado solto no mundo durante o verão para encontrar sozinho o que comer.

Por fim, uma nova figura emergiu do mato, estranho personagem, destoando dos seus companheiros, muito mais alto e pesado para o pequeno cavalo sertanejo, cartucheiras cruzadas no peito, imagem de herói cangaceiro, um chapéu bem mais vistoso, abas largas alevantadas ostentando estrelas de prata, escondendo na sombra a parte do rosto não coberta pela barba cerrada e crescida de herói guerrilheiro, tão diferente das caras quase imberbes dos demais vaqueiros matutos. Não apeou. Sua montaria, agitada, talvez espicaçada por ele, batia os cascos na areia, corrupiando, até que ele a deteve, com um único puxão nas rédeas, sem, porém, desmontar. Desprendeu da sela uma guampa com borda de metal branco lavrado, presa a uma fina corrente, e deixou-a pender para que outro vaqueiro lhe desse de beber várias vezes. Sem palavras, deu a entender que estava satisfeito;

com a mão esquerda sustentando as rédeas, ergueu o chapéu com a direita, trouxe-o num amplo gesto até o peito e curvou-se em sinal de agradecimento e reverência a dona Zefinha, acompanhado nessa mesura por toda a sua tropa, compondo diante de meus olhos admirados uma cena destacada de alguma antiga tapeçaria medieval, de mistura com a evocação de um grupo de cavaleiros tuaregues vindos do sul do Saara para negociar com Monsieur Aoum, a beber cerimoniosamente junto ao poço no oásis de Ghardaïa. Percebi, então, a sacralidade da água nos desertos, e os velhos textos bíblicos ganharam para mim novas ressonâncias.

O vaqueiro amontado repetiu a manobra que fazia o cavalo corrupiar em piafé, como um sinal para que todos os companheiros amontassem também e partissem adiante dele. Esperei que os seguisse imediatamente, sem tomar conhecimento da minha presença, mas ele se deteve e me olhou de frente. Um arrepio me percorreu. Eu conhecia aquele olhar, sim, aqueles mesmos olhos, me tocavam tão fundo, não havia como duvidar.

Era ele, aquele olhar que tantas vezes tinha cruzado com o meu, fugidio, passageiro, mas intenso, permanecendo sempre uma eternidade. Minhas lembranças me cegaram, e quando voltei a mim ele já se embrenhava no emaranhado da vegetação seca e espinhosa. Levantei-me do meu assento numa raiz saliente do velho cajueiro, ia virando-me de volta para minha casa, esquecida dos aboiadores que havia vindo apreciar, quando um dos últimos raios do poente fez rebrilhar alguma coisa no chão, junto ao ponto no qual o estranho cavaleiro desapareceu. Dei alguns passos, curvei-me e vi, meio oculta pela areia, uma estrela prateada, sem nem um segundo duvidar de que fosse do chapéu dele e ali estivesse especialmente como um sinal para mim. Recolhi a prenda e voltei quase correndo para minha casinha. Passei a tranca na porta, pela primeira vez desde a minha chegada, corri até o pequeno baú de couro tachado de latão, contendo quase todos os meus pertences, e puxei lá do fundo a caixinha de madeira finamente entalhada por meu avô para servir-me de porta-joias. Ao abri-la, com o coração assustado batucando na garganta, depois de tanto tempo a carregá-la comigo sem mirar seu conteúdo, dei logo com um vistoso emblema niquelado, arrancado de uma motocicleta Harley-Davidson, um velho bilhete do metrô de Paris, o distintivo esmaltado de uma União Estadual dos Estudantes, um *ojo de Dios* muito colorido, a mão de Fatma em metal amarelo. Ali junto depositei a estrela de metal, apertando na mão apenas o emblema da Harley-Davidson, fechando e escondendo a caixa, às pressas, no mais fundo do baú, como se temesse perdê-la.

Bebi o restinho d'água da quartinha, abri minha rede e me estendi, para não perder o embalo do sonho. Voltei à minha adolescência e ao Rio de Janeiro, sentindo na palma da mão o relevo da peça de metal arrancada de uma motocicleta. A viagem tinha sido meu presente de aniversário pelos quinze anos, escolhido em lugar dos enfadonhos bailes de debutantes que entusiasmavam minhas amigas. Eu preferi as duas semanas em casa de uma tia, no seu velho e romântico casarão de portão alto, fachada adornada à belle époque, numa rua sombreada de imensas árvores entre Botafogo e Laranjeiras. Duas semanas decorridas num instante, a explorar a cidade, paisagens, morros, praias, teatros, museus, bibliotecas, recantos, calçadas, um tesouro muito mais rico e duradouro na minha memória do que restaria de qualquer baile de debutantes. Fim da última tarde das férias, malas prontas, visita à igreja de Nossa Senhora de Copacabana, um sorvete de despedida com meus novos amigos, velhos amigos dos primos, "Agora vamos indo, ônibus enche a esta hora, se não você pode se atrasar... Harley! Gente, olha o Harley! Apareceu, afinal! Onde você estava? Chegou hoje?". Junto ao meio-fio, a espantosa máquina, quase inalcançável objeto de cobiça de qualquer jovem daquele tempo, maravilha de esmalte e couro negros e polidos, tubos niquelados, som de aventuras, um tentador *sidecar*, tudo saído diretamente de uma tela de cinemascope. Precipitam-se todos para o cavaleiro que não desliga o motor nem desmonta, "Harley, Harley!". Tapas dos garotos nas costas e ombros sob a jaqueta de couro, gritinhos e beijos das meninas. Só eu, tímida e encantada, permaneço para trás, na calçada, enquanto o herói encourado oculta-se no meio do grupo que o assedia. Por alguns segundos, abre-se uma ala permitindo entrevê-lo, "Quase deixou de conhecer nossa prima...", mas logo se fecha novamente, o grupo de adolescentes mais interessados nele do que em mim, e só debandam quando alguém insiste "É tarde, gente, vamos, daqui a pouco nem se consegue entrar no ônibus". Só então posso ver por inteiro o motociclista, um pouco mais velho que nós, e receber de frente o impacto do olhar dele, dirigido diretamente a mim, insistente, dizendo-me muito mais do que simples curiosidade. Resisto o quanto posso à mão de minha prima a puxar-me, "Assim a gente não chega a tempo na Central, trem não espera por ninguém", e então ele, sem deixar de mirar meus olhos, num gesto inacreditável, arranca de um lado da sua máquina o brilhante emblema niquelado, pende para a calçada, estende-me a mão com o presente e eu o apanho quando a força de minha prima vence minha paralisia e me arrasta atrás dela.

* * *

A mudança no ruído do motor do ônibus, o suspiro dos freios e a parada com um leve solavanco me trazem de volta a este hoje, mais de meio século passado desde o tempo em que o dono daquele olhar se chamava Harley, apelido emprestado de seu cavalo metálico.

2

Nem sempre foi assim difícil. Tínhamos
uns absolutos à disposição.

ELVIRA VIGNA

Abro os olhos, puxada de volta ao presente pelas
luzes fortes de uma rodoviária quase deserta onde este
ônibus para e percebo-me apertando com força a fivela
da bolsa no meu colo. Solto-a, o motorista acende as luzes internas e posso ver que a palma de minha mão está
vermelha e nela impressa a forma da fivela. Ardem-me a
palma e as recordações, mesmo depois de ter descido do
ônibus, ido ao toalete, deixado a água fria correr sobre a
mão, tomado um café com leite ralo. Vejo, de passagem,
um fragmento de noticiário numa televisão insone e soli-
tária, silhuetas de homens armados, estrondos e fogo, o de
sempre, nada que me chame a atenção.

Volto logo ao ônibus, agora vazio, escuro e quase silencioso, salvo pelo ressonar pesado de algum dor-
minhoco que aqui ficou, encolho-me na poltrona como
numa toca protetora. Por agora não quero este presente
caótico, incompreensível, enleado de correntes contradi-
tórias e extremadas emitindo sons de ódio e guerra, quero
aquele outro presente transfigurado na minha memória.

Na madrugada seguinte ao que ficou sendo para
mim "a tarde dos vaqueiros solenes", acordei também

atingida por uma luz forte, com o emblema da Harley-
-Davidson apertado e gravado na palma da mão, arden-
do. Havia dormido muito além da minha hora habitual
de madrugar para dar conta da faina diária, a primeira
réstia de sol meteu-se por uma fresta entre as telhas, acen-
deu como uma lâmpada de cem velas na parede branca
bem diante dos olhos que abri, assustada, sentindo arder
a mão, lembrando então o espantoso encontro da véspera.
Mas ali a vida imediata e suas exigências não esperavam
pela conclusão dos sonhos. Saltei da rede, corri a esconder
meu amuleto na caixinha entalhada no fundo do baú, fe-
chei-a decididamente, fora e dentro de mim, pensei, sem
nem olhar para o resto do conteúdo, e voltei-me para o
curto futuro que me esperava com certeza: mais um dia
de secura e trabalho a atravessar.

Nem pensei em ir buscar água, ainda restavam
dois ou três canecos no pote, mais um pouco na quartinha, nem fui à casa de Fátima para o cuscuz da manhã
já de costume partilhado. Pela posição da mancha de sol
nas marcas feitas para mim pelo vaqueiro Arquimedes, na
parede entre a minúscula sala e a cozinha, relógio de sol
maravilhoso na sua simplicidade e quase precisão, vi que
já passava bem das seis horas da manhã. Tarde demais.
Minha amiga e sua ninhada já deviam estar, havia muito,
metidas no trabalho. Envergonhei-me. Não fossem pensar que eu preguiçava, esmorecia, ou pior, desistia. Engoli
às pressas a macaxeira cozida, sobrada da véspera, com
uma lasca de rapadura, empurradas por um caneco de
café requentado, e corri pela rua de areia abaixo.

Assumi atrasada meu lugar e meu bastão junto à
banheira de tingir fios. O ardor na palma da mão tornava
a tarefa mais dura de cumprir e o assombro da véspera
mais difícil de esquecer. Ninguém disse nada, evitavam

olhar-me, nenhuma censura, como se tudo estivesse normal. Quando o calor e o movimento monótono de mexer as meadas de fio na água escaldante começavam a amortecer qualquer outra sensação ou lembrança, a inusitada conversa dos homens ali junto me alertou: "Verdade que os cabras do outro lado passaram por aqui ontem?", "Dona Zefa confirmou hoje, lá na fila da bica, Corrinha me contou 'inda há pouco", "Fazia era tempo que não apareciam", "Vai ver estão atrás das reses de doutor Maia. Já era hora. Tobias diz que viu umas vacas dele com as crias sem marcar, bem pra lá do serrote", "Sei não se foi por isso... Parece que não traziam rês nenhuma, e aquele sujeito diferente, o tal de Tonho, o grandão barbudo, veio junto e não é vaqueiro de doutor Maia", "Não é vaqueiro de patrão nenhum, some ninguém sabe pra onde e de repente volta", "Mas que é vaqueiro, e dos bons, isso é! Já vi o cabra disparar a galope feito um corisco pelo meio do mato e derrubar um garrote endoidecido, em menos que o tempo de um glória-ao-padre, nem deu pra se ver a puxada no rabo do bicho!", "Diz que nasceu aqui por perto, foi pro sul com a família ainda menino e agora quis voltar, mas ninguém confirma", "Alguém esteve pelo lado de lá e diz que ele anda também com os outros que chegaram querendo fazer a tal de cooperativa", "Sabe lá...".

Só quando Fátima cochichou no meu ouvido "O que foi? Está sentindo alguma coisa? Solte a vara, sente, tome um gole d'água" foi que me dei conta de ter ficado paralisada, o queixo apoiado nas mãos cruzadas na ponta da vara fincada no meio da tinta e do fio, indiferente ao vapor a me banhar, com o olhar perdido muito longe dali, por um tempo indefinido suspenso pela conversa entreouvida.

Só podia ser ele mesmo, mais maduro e encorpado, escondido atrás da barba, do chapéu e do gibão de couro, naquele fim de mundo esquecido, mas tinha de ser. Agora era Tonho, Antônio, como já tinha sido Harley, Mauro, Borges, Michel, Said, Paulinho, Miguel... Sempre capaz de mudar de nome e de aparência, mas denunciado pelo olhar que me fixava. Verdade? Ou eu, mais uma vez, delirava? Efeito do sol quente, da estranheza, da insegurança sobre o futuro próximo? Seria possível? Sempre ele ou nunca o mesmo, pura ilusão, invenção de menina boba e romântica? Como saber, se nunca trocamos nem uma palavra? O que eu guardava como sinais, lembranças, amuletos naquela minha caixa seriam prova de uma existência real ou só fruto do meu desejo de que assim fosse?

Fátima, com sua sabedoria e autoridade, decretou: eu estava esmorecida de canseira, me esforçando demais para quem não tinha o costume, precisava de um desenfado, que fosse para a minha rede, não saísse mais naquele dia, mandava um dos meninos com um comerzinho para mim, mais tarde viria me ver, com um chá, uma mezinha qualquer.

Obedeci, como vinha fazendo sem nunca me arrepender, logo aprendendo que ali só alguma humildade me podia salvar. Bebi o restante da quartinha, larguei-me na rede e amodorrei de vez até cair num sono sem sonhos nem vaqueiros.

Acordei ouvindo vozes infantis a chamar "Maria, Maria", como na minha primeira manhã sertaneja, já a parecer-me tão distante, embora mal tivessem decorrido dois meses. Deixei a rede com esforço, saí para a cozinha e notei meu pote d'água doce suado quase até a borda, sinal de que alguém, silenciosamente, o havia enchido para mim.

Ainda zonza de sono, abri a banda superior da porta, apenas encostada, sem o ferrolho como de costume, e dei com dois dos pirralhos de Fátima. Biuzinho trazia um prato envolto num pano de algodão e Jonas equilibrava com cuidado um caneco de ágate tapado por um pires de borda lascada. Acabei de abrir a porta e eles entraram, sérios, estendendo-me suas dádivas que me apressei a receber: no prato ainda bem quente, cuidadosamente dispostas, uma porção de farofa de milho, uma concha de feijão-de-corda, mais um ovinho de codorna já descascado e uma sardinha seca e salgada, dose generosa de proteínas que eu bem sabia o quanto custava ali. No caneco, o café quente e doce; nas caras compenetradas, os olhos vivos. "Mãe disse que é pra comer tudinho e ficar forte, visse? Se não, não pode mais trabalhar." Não, eles não queriam provar do meu almoço, "Já estamos de bucho cheio. Isso aí é só pra você, mãe disse", mas não se iam embora, empoleiraram-se em tamboretes e esperavam, como se devessem testemunhar que eu havia comido tudo. Constrangida pela consciência do privilégio, mais uma vez obedeci e a refeição soube-me melhor do que qualquer outra antes provada.

Com um punhado de areia limpa e água salobra retirada da grande forma de barro, quase uma ânfora sem asas, lavei da melhor forma possível prato, caneco e pires, empilhei-os sobre o pano dobrado e lhes devolvi tudo, mas me sentia devedora de algo mais. Corri ao meu quartinho e tirei da arca de couro um saco cheio de tocos de lápis de cor destinados ao meu futuro de professora. Quando ofereci um lápis vermelho para Biuzinho e um verde para Jonas, receberam-nos nas mãos em concha e ficaram a olhá-los com um misto de respeito e espanto. Só então me ocorreu que talvez não soubessem o que fazer com eles e lhes disse para os guardarem com cuidado até o dia seguinte, quando eu mostraria como se divertir com aquilo. Agarraram o resto das coisas e saíram rua abaixo, aos pinotes, com aquela sua inacreditável e invencível alegria.

Apanhei o livro de poesia no topo da pequena pilha que eu tinha podido trazer e me servia também de peso para tentar alisar folhas retangulares de papel pardo amassado, recortadas cuidadosamente da maçaroca amontoada num canto do galpão do Dono, depois de se desembrulharem as meadas de fio. Pedi ao encarregado. "Pode pegar, se quiser... isso só serve pra acender fogueira de são João, e ainda falta muito a chegar." Vários serões passei desamassando e cortando o papel em retângulos, com uma peixeira, enquanto ouvia histórias imaginando um dia escrevê-las. Sabia-se lá em que consistiria o material para as aulas vez por outra prometido pelo vereador.

Arriei outra vez na rede, com o livro nas mãos, farrapos de versos de Cecília ressoando cada vez mais longe, "porque o instante existe/ (...) não sou alegre nem triste", as pálpebras pesando, o sono tomando conta do resto do meu dia. Nunca pensei poder dormir assim, três dias e noites inteiros, interrompidos apenas pelas refeições trazidas fielmente pelos moleques de Fátima, breves tentativas de levá--los a traçar alguns riscos no papel pardo, esbarrando numa espécie de medo impedindo-os de sequer tentar. "Depois, quando você ficar boa, que mãe mandou não atrapalhar seu repouso." Quando perguntei se a comida trazida para mim não faltava na casa deles, responderam "Mãe disse que depois você paga ensinando as letras pra gente crescer a inteligência". Voltei para a rede com o peso dessa responsabilidade mandando-me de volta a um sono sem sonhos. Aqueles três dias fora do mundo de Olho d'Água, sem ouvir as conversas, sem partilhar as parcas notícias que corriam de boca em boca, foram responsáveis pela imensa surpresa do meu despertar no quarto dia de recolhimento.

Primeiro o medo, os estouros que ouvia evocando tiros e todo o horror que eu havia deixado para trás, a esperança de que fosse um pesadelo, o esforço para escapar dele e abrir, enfim, os olhos, reconhecendo o meu quartinho ainda no escuro apenas atenuado por fios de branda claridade coada pelo telhado. Outra vez o medo ao reconhecer que eram reais os estampidos e depois, de repente, a incongruência dos tiros com a irrupção da música, totalmente estranha, mas música, sem dúvida, ali, parecendo aproximar-se de mim, eu ainda paralisada no meu esquife de algodão, mais e mais perto, permitindo aos poucos distinguir sons de flautas, rufar de tambores, gritos não de dor mas de alegria que, finalmente, me arrancaram do torpor e me levaram, de um salto, à porta.

Os sons vinham lá da outra ponta da rua, dos lados de dona Zefa do cajueiro. No lusco-fusco da madrugada pude apenas adivinhar algum movimento ao longe, denunciado pelo tênue tremular de pequenas chamas e os riscos dos foguetes subindo. Ninguém pelas proximidades de minha casinha, nenhum vaqueiro amontado, nenhuma cabeça de gado atravessando a rua larga, nenhuma mulher apressada com seu pote à cabeça, nenhum fogo já aceso sob as cubas de tingir fio como, em dias normais, já se poderia ver à primeira barra de claridade alumiando o nascente. Os estalos e a música, porém, ouviam-se já mais fortes e próximos, e eu não duvidava mais de sua realidade, embora sem a menor ideia do que poderia ser aquilo.

Corri para vestir-me, enquanto minha imaginação projetava anacrônicas visões de cangaceiros chegando para fazer festa entre os pobres, pois era só o que havia ali. Alguns goles d'água bebidos direto da boca da quartinha, as alpercatas enfiadas nos pés sem nem sequer as afivelar e, deixando a porta desaferrolhada, saí para o lado da zoada, tão depressa quanto me permitia a areia fofa. Clareava o dia mais e mais enquanto eu me esforçava para avançar e pude ver algo como uma procissão ou desfile. Eles também, enfim, me viram e um bando de crianças correu ao meu encontro, "Vem, Maria, vem! É a alvorada! Vem ver!", a me puxar pelas mãos e pela saia, quase me empurrando para fazer-me chegar mais depressa.

Em pouco tempo me vi envolvida por mais belas surpresas, gente, música e movimento. Ali vinha todo o povoado. Os mais velhos, em passo lento ritmado pelo som de um surdo, empunhavam, acesos, tocos de velas ciosamente guardados para as grandes ocasiões, espalhando no ar o perfume das raras colmeias de onde obtinham a cera. Os de pernas mais ágeis saltavam-lhes à volta, pautados por um repique de tarol, conduzidos por um pequeno grupo de músicos agigantado pela cena. Seis homens, dois à frente, a tocar flautas transversas, feitas de taquara, parecendo-me venerandos senhores cuja idade era impossível adivinhar, como a de todos os que ali passavam dos quarenta anos, curtidos e enrugados pela fome, a sede e a quentura. Atrás deles, outros quatro músicos, parecendo mais jovens e vigorosos, faziam soar um zabumba, um tarol, um surdo e um par de pratos. Não reconheci nenhum deles, não eram dali. De que longínquo passado teriam eles ressurgido para encantar aquele amanhecer?

Aquela música me fazia lembrar o acompanhamento das canções medievais cultivadas pelo madrigal que educara minha voz de contralto adolescente, cantadas mais vezes em longas caminhadas noturnas à beira-mar do que sobre os palcos. Os dois pífanos, de tamanhos diferentes, emitindo a mesma melodia com um intervalo de terça, lembravam a música caipira da minha infância paulista, a cantoria em louvor à Virgem Maria dos remanescentes guaranis no sopé da serra do Mar, as guarânias da minha travessia em fuga pelo Paraguai e os *corridos* mexicanos que jorravam do rádio de Lupita, quando a venda de um *sarape* recém-tecido lhe permitia comprar as grandes pilhas para alimentá-lo. Fazia-me reviver tantas saudades misturadas, mas era ainda outra coisa, uma sonoridade única, ao mesmo tempo saltitante e dolorida.

A longa parada deste ônibus, a dividir ao meio a viagem, vai chegando ao fim. Acendem-se de novo as luzes, liga-se o motor asmático, interrompendo a música da banda de pífanos que ainda agorinha soava nos meus ouvidos imaginários, os outros passageiros vêm entrando e despencando, cansados, em suas poltronas, ajeitando-se como podem com suas inúmeras sacolas, travesseiros, badulaques. Quantas coisas carregamos hoje em dia! Parece que alguém adivinhou meus pensamentos interrompidos e, talvez querendo agradar-me, liga uma traquitana eletrônica qualquer e me oferece as vozes em terça da agora chamada música sertaneja, inteiramente alheia ao meu antigo sertão. Suspiro, quase conformada com a inevitabilidade deste hoje a impor-se, mas sou salva pelos resmungos de outros viajantes que querem dormir e fazem se extinguir o som incômodo, deixando-me voltar, embalada novamente apenas pelo ronco surdo do motor, àquele meu dezembro de Olho d'Água e sua alvorada em louvor a Nossa Senhora do Ó.

Naquela madrugada de assombros, de olhos e ouvidos arregalados, me deixei levar pelo surpreendente cortejo no rumo da capela, onde eu antes nunca tinha entrado, quase sempre fechada aos humanos e povoada apenas pelos morcegos. Nada sabia e nada perguntei até que, sol alto, em torno à mesa do nosso cuscuz matinal,

Fátima me explicasse a razão da alvorada tocada pela banda dos cambembes, vinda do outro lado do rio, para animar, como a cada ano, a novena para a festa de Nossa Senhora do Ó. Assim seria, por nove dias: alvorada festiva e a reza vespertina na capelinha, até 18 de dezembro, a festa grande da padroeira.

Agora pronta a ficar aberta o dia todo, limpa e enfeitada com flores de papel novas em folha, a capelinha até então em nada me tinha interessado. Antes me parecia entre inacabada e arruinada, a fachada central terminando em ângulo sob telhas de beiral exíguo, pouco acima do arco da rústica porta principal de duas folhas sem nenhum adorno, ladeada por dois retângulos estreitos e altos parecendo destinados a sustentar pequenas torres inexistentes e cobertos por meias-águas das mesmas telhas que, de tão velhas, se revestiam de musgo e ervas semeadas ao longo de décadas, talvez séculos, pelos excrementos de muitas gerações de avoantes ali aninhados. Os arcos de mais duas portas simples e estreitas, de uma só folha, abriam-se nas supostas bases das torres nunca construídas e sobre uma delas, apenas, a única tentativa de enfeite: um modesto bloco de pedra calcária com o esboço de um florão esculpido por mão canhestra e que a intempérie se encarregara de desgastar.

Fora do tempo de festa, dona Altina detinha a enorme e vetusta chave de ferro da porta central, e só a abria aos sábados para o Ofício de Nossa Senhora, assim que surgia a barra do dia, cedo demais para mim, incapaz de renunciar a ler noite adentro, e outras duas vezes por semana, à tardinha, antes que escurecesse de vez, para puxar um terço. A essas devoções só compareciam as viúvas ainda válidas e as moças velhas já dispensadas pela vida dos cuidados com velhos e meninos. Várias vezes eu as vira, sentadas nos últimos bancos junto à entrada para aproveitar o restinho de luz do dia e poupar velas e combustível dos candeeiros. Ouvia a toada do terço, soava apaziguadora, mas a fome e o cansaço, uma vez silenciados os aboios, me tangiam para casa, desejando um parco banho de caneco e água salobra, algum comer a revigorar-me, para não perder as conversas debaixo das algarobas antes de me entregar aos meus livros e minha rede. As outras mulheres e os homens válidos, àquela hora, ainda se afanavam a banhar e alimentar crianças, velhos e bichos que deles dependiam, a arrancar espinhos e curar seus próprios pés e mãos diariamente sacrificados.

Naquele amanhecer de festa, porém, levada pelos pífanos e a pequena multidão a segui-los como a benignos flautistas de Hamelin, agora adensada pelos retardatários que ainda chegavam correndo, saindo do mato, vindos quem sabe de quais outros povoados ou casebres perdidos na caatinga, entrei pela primeira vez no pobre santuário.

Outra visão inesperada. O que eu imaginava quase em ruínas resplandecia numa prodigalidade de velas e candeeiros só explicável pela imensa fé daquele povo sempre tão avaro do fogo, custoso de se manter aceso. O espaço interior, ainda não tocado pelos primeiros raios do sol que já devia despontar por detrás da parede do altarzinho, sem janelas, ganhava uma gama de tons amarelo-avermelhados, revelando arquitetura muito mais elaborada do que eu poderia imaginar. Uma nave central, encimada por grossas traves de troncos de coqueiro sustentando o telhado de duas águas, comunicava-se com as estreitas naves laterais, de telhados mais baixos, através de fileiras de arcos românicos perfeitamente desenhados, tudo recém-revestido de argila branca a refletir a dança das chamas.

Enquanto o povo ia enchendo de mais luz todos os vãos da igrejinha, a banda de pífanos avançou lentamente pelo centro da nave, sempre a tocar, até diante do altar, pondo-se então a evoluir numa simples e comovente coreografia em que os músicos trocavam de posição segundo as frases musicais, cada um deles por sua vez avançando para a frente da imagem da santa e, cerimoniosamente, apresentando-se com seus instrumentos à Senhora padroeira a acolhê-los ali, numa ciranda repetida por longo tempo.

Adiantei-me o mais que pude para tudo ver e, embora lutando para contê-las e enxugá-las, as lágrimas estavam prestes a escorrer-me pela cara a baixo. Virei-me para olhar os rostos do meu povo. Estavam todos lá, alguns trazidos em redes sustentadas pelos ombros dos irmãos, todos vestidos em seus modestos trajes festivos que eu antes só vira bem dobrados no baú da casa de Fátima, todos iluminados por uma expressão de alegria contida. A vontade de chorar que eu retinha, por pejo, ganhou novo motivo além da comoção pela beleza de tudo aquilo. Poderia eu manter o que me trouxera para ali, despertar-lhes ainda esperanças terrenas quando o vivido só lhes permitia situá-las no céu e assim já se haviam consolado por séculos? Não os ouvira tantas vezes dizer que a vida era plantar na terra para colher no céu?

Como se respondessem às minhas dúvidas, enquanto se calavam os pífanos, pratos e surdo, ao som apenas do tarol e da zabumba puseram-se todos a cantar, as vozes dos homens uma terça abaixo do tom das mulheres e crianças, um cântico para mim inteiramente desconhecido:

Só vós, Mãe bondosa, nos valeis,
Só vós nos trazeis luz e esperança,

Estendendo para os pobres vossa mão,
Prometendo vosso amor, vossa criança
Para guiar-nos por caminhos espinhosos
Rumo aos céus no final de nossa andança.

Piedosa Senhora de esperanças
Como guardais vosso filho nas entranhas,
Protegido das maldades desse mundo
A nós em vossas mãos santas apanhas
Para que completemos a jornada
Sãos e salvos pelos vales e montanhas.

Posso ainda hoje ouvir com nitidez aquelas vozes todas ressoando na concha da minha saudade. De vez em quando ainda se ouvia o espocar de um rojão tardio. Repetiam o hino sem se cansar, tantas vezes que aprendi de cor as palavras e naquela mesma manhã já pude acompanhá-los até cessarem e ouvir-se uma voz masculina, sem dúvida de um vaqueiro respeitado como o melhor aboiador, lançar um pungente e ondulante Óóóóóóóó...

Finda a modulação daquele longo brado, sentaram-se todos os que couberam nas duas fileiras de bancos rústicos de tábuas talhadas a machado, bem pousadas sobre seis pés igualmente toscos porém perfeitamente firmes e encaixados em seus assentos. Os demais, na maioria crianças e adolescentes, ajuntaram-se de pé ou de cócoras sob os arcos e nas estreitas naves laterais. Só então percebi que eu estava fora de lugar.

Sem nenhuma outra exceção, as mulheres ocupavam a metade direita da capela, os homens a esquerda. Corri a meter-me sob um dos arcos do lado das mulheres, quando as vozes femininas começavam a recitar em uníssono o que custei um tanto a reconhecer como as muito antigas antífonas maiores do breviário romano para o advento, chamadas antífonas do Ó, que eu até então só havia ouvido cantadas em latim, enlevada pelo canto gregoriano sem me esforçar para entender-lhes o significado. Naquele momento era apenas uma surpresa a mais, palavras certamente alheias ao vocabulário costumeiro dos moradores de Olho d'Água ou de qualquer sertão, pronunciadas, porém, de cor, com clareza e precisão, alternando-se vozes masculinas e femininas, numa toada uniforme de cantochão, nas invocações sempre iniciadas por um "Ó", enquanto pouco a pouco velas e candeeiros se extinguiam dando lugar à luz do dia.

Um estouro, uma inclinação mais forte e a frenagem brusca do ônibus me distraem do esforço de lembrar uma por uma as antífonas, há mais de quarenta anos ditadas por Fátima, a meu pedido, ainda no primeiro dia da novena, anotadas num velho caderno e estudadas conscienciosamente, sentindo-me eu desafiada a sabê-las inteiras e perfeitas como todos ali.

"O pneu furou", ouço dizer um dos homens a se dirigirem para a porta, prontos a ajudar o motorista com seus palpites e conselhos, embora provavelmente com pouca força efetiva. Várias vozes levantam-se em protesto, "Esse carro velho... Vai ver que nem tem macaco e pneu de reserva!", "Agora é que a gente não chega mais nunca!". Ao contrário dos outros passageiros, a notícia de que a viagem se alongará e talvez, segundo meu desejo, se torne infindável, em nada me desagrada. Ainda há tanto a rememorar! Encolho-me o mais confortavelmente possível e, livre do falatório já se transferindo para a beira da estrada, fora do alcance dos meus ouvidos, volto a buscar, nos fólios dos meus arquivos mentais, as velhas antífonas que, bem sei, ali hão de estar. E ei-las que retornam e me levam, claras, para a igrejinha de Olho d'Água, a primeira delas puxando facilmente todas as demais.

Eu ouvia e me sentia transportada a um qualquer velho mosteiro, de tantos nos quais eu me tinha refugiado ao longo do meu tortuoso percurso até ali:

Ó sabedoria, que saístes da boca do Altíssimo
cobrindo de uma à outra extremidade do universo,
dispondo todas as coisas firme e suavemente,
vinde para nos ensinar o caminho da prudência.

Ó, Adonai, senhor e condutor da casa de Israel
que aparecestes a Moisés nas chamas da sarça ardente,
e lhe destes, sobre o monte Sinai, a Lei Eterna;
vinde para nos resgatar pela potência de vosso braço.

Ó, Raiz de Jessé, que sois como o estandarte dos povos,
cuja vista há de calar a voz dos reis,
não tardeis mais um momento.

Ó Chave de Davi, centro da casa de Israel,
Que abris e ninguém pode fechar,
Fechais e ninguém pode abrir,
Vinde e tirai da prisão o cativo
Que está sentado nas trevas e nas sombras da morte.

Ó sol nascente, esplendor da luz eterna e sol da justiça:
vinde e iluminai aqueles que se sentam nas trevas da
morte.

Ó Rei das gentes e alvo de seus desejos,
Pedra angular, que reunis em vós todos os povos
Vinde e salvai o homem que formaste do limo da terra

Ó Emanuel, Rei e Legislador nosso,
Esperado das nações e seu salvador,
Vinde, salvai-nos, Senhor nosso Deus,
Que os céus chovam das alturas
E as nuvens nos tragam o Salvador.

Aos meus ouvidos ecoaram alguns daqueles versos em tons de canto gregoriano, gravados na lembrança já parecendo tão remota: *Rorate coeli desuper, et nubes pluant justum...* Quem, como, quando lhes teria ensinado a rezar assim? Eu me perguntava, intrigada, até calaram-se as vozes alternadas e a música dos pífanos ressurgir em alegre toada, os músicos, novamente fazendo reverências à Senhora do Ó, imitados por todos os devotos, a procissão deixando a igrejinha, mais apressada do que na chegada, o sol já brilhando forte e chamando-os ao trabalho, pois nem em tempo de festa se podia descuidar da sobrevivência a conquistar dia por dia.

Não os acompanhei dessa vez, deixei-me ficar sozinha na capela, admirando ainda seu desenho, agora iluminado em diagonal pela luz do dia a vazar do telhado e a varar portas adentro. Contemplando aquilo tudo, caminhei lentamente pela nave central até a entrada e voltei de novo até a frente do altar, diante do qual uma espécie de escadaria, improvisada com toscos jiraus de varas secas, sustentava uma cortina compacta de flores, testemunho da disposição daquela gente em não se deixar dobrar frente às negativas da natureza, muito mais comovente para mim que o esplendor dourado da capela da mesma devoção, lembrança dos meus passeios a Sabará nas férias mineiras da minha infância. Aqui apenas pobres mas abundantes flores de papel, em cores vibrantes e misturadas, sustentavam e contornavam a pequena imagem da padroeira, de nem mesmo três palmos de altura, que então pude ver inteira. Nada dos abundantes panejamentos barrocos a revestir e encobrir pudicamente a gravidez da Virgem na Terra do Ouro. Aqui, na terra das coisas mínimas, ela se apresentava tão pobremente vestida que avultava o ventre pejado, sustentado pela mão esquerda, enquanto a palma da direita, elevada, pedia paciência para esperar mais um pouco pela chegada do Menino, tão enternecedora como algumas muito antigas vistas por mim em capelas portuguesas. Certamente vinha de lá aquela imagem, de feição tão lusitana, nenhum traço caboclo, incrivelmente inteira, senão pelas pequenas escoriações, aqui e ali, a denunciar sua antiguidade, mas sem nenhuma desastrosa tentativa de restauração. Mais uma pergunta para me intrigar dali por diante: como viera parar naquele fim de mundo e ali se conservava quase intacta uma estatueta portuguesa com aspecto ainda medieval?

Quando perguntei, mais tarde, às mulheres, de onde vinham, como tinham conseguido comprar aquelas flores todas novas, recém-fabricadas, puseram-se a rir. "E quem aqui pode comprar uma boniteza daquelas?" Tinham sido feitas por elas mesmas, ao longo do ano, com o papel que vinha enrolando os fardos de fio e os restos das anilinas que sobravam no fundo das banheiras de tingir, sob o comando e a guarda de dona Zefa do cajueiro.

Ai, a agitação daqueles dias! Alvoradas, rojões, trabalho, a sesta omitida em troca de ouvir a banda a tocar coisas profanas, "Acorda, Maria Bonita, acorda pra fazer café...", "A ema gemeu no tronco do juremá... Dá-me um beijo, dá-me um beijo pra esse medo se acabar", que o povo cantarolava baixinho para não desrespeitar a primazia dos pífanos, e a genial "Briga do cachorro com a onça", que eu não me cansava de pedir de novo. Logo, mais trabalho, a luta não podia parar, mais cansaço, alegre porém, a janta exígua, apressada, a banda, o terço, os cânticos, as rezas da novena, e depois novas histórias arrancando suspiros e exclamações assombradas, "Medo eu tive foi quando a gente, menino pequeno ainda, teve de tocar pro homem em pessoa, Lampião, ninguém menos, na vila de Tacaratu", e música, muita música balançando os corpos e os ramos das algarobas. Muito pouco se dormiu naquelas nove noites!

Nos dois primeiros dias, enquanto para ali acorria gente de toda a redondeza, o desejo de festa vencendo a fadiga maior da jornada, eu ainda olhava atentamente, a ver se me aparecia de novo quem eu agora chamava no meu íntimo de "vaqueiro encantado", mas logo a euforia do povo me ancorou no presente, tirou-me dos meus devaneios.

Nem pensei mais nos meus amuletos e suas lendas, de novo confinados na caixinha entalhada, até a véspera do dia de Nossa Senhora do Ó, finda a novena, quando anunciou-se que, sim, vinha um padre de longe com uma grande comitiva de vaqueiros para celebrar, no dia da festa, um misto de missa da padroeira com missa do vaqueiro. Tobias chegou a galope, esbarrando quase em cima do povo todo reunido a festejar em torno ao cajueiro de dona Zefa, jurando tê-los visto, de cima do serrote, ao longe, cavalgando por um caminho que só podia dar ali. Os rojões se multiplicaram por tamanho milagre que nenhum adulto ali jamais tinha visto e os mais velhos apenas lembravam vagamente: padre de batina e estola passando por aquele desterro.

Dentro de mim, o estouro dos rojões acelerava o coração na espera do que esconderia a tal comitiva, se viria nela o chamado Antônio, eu sem saber se desejava ou não sua vinda. Exausta, corri a refugiar-me na minha casinha, nem acendi o candeeiro, às apalpadelas cheguei ao quarto, tomei um gole d'água da quartinha, me soube salobra, armei minha rede e me deitei, tentando recuperar a calma e dormir, "deixe de ser besta e criançona"... Mas, que nada, quando o ruído da festa tornou-se apenas um longínquo murmúrio, minha imaginação pôs-se a dar voltas mais e mais rápidas, cruzando a cada giro com o insistente olhar a perseguir-me.

Eu me virava para todos os lados. Aquela rede, antes tão macia, agora parecia uma cama de espinhos, não havia meio de conseguir me aquietar. Afinal desisti de proteger-me no vazio do sono, tive de ceder ao impulso de saltar ao chão, correr ao meu bauzinho, abrir a caixinha contendo todas as minhas relíquias, os olhares fugidios que nunca me deixaram, meus fantasmas, enfim, desde os mais remotos até os mais recentes. Dessa vez não foi o emblema da Harley-Davidson a atrair a minha mão. Dessa vez, como não podia deixar de ser, peguei imediatamente, com risco de espetar-me nas suas pontas, a estrela de prata caída, alguns dias antes, do chapéu do vaqueiro de olhar tão intenso que me deixara perturbada a ponto de cair de cama por dias, como uma doente grave cuja cura nem sabia de onde viria. Não fosse pela ajuda de Fátima, talvez tivesse desistido, largado tudo, feito minhas trouxas e ido embora dali.

Peguei com uma das mãos a estrela do vaqueiro, com a outra me pus a remexer no resto dos meus preciosos guardados, ninharias para qualquer um, menos para mim.

Encontrei, deitado no fundo da caixa, um velho bilhete de metrô, já picotado. Aquele velho bilhete eu acreditava ter caído do bolso do dono do mesmo olhar que cruzara com o meu sobre a ponte Saint-Michel, em Paris, e trouxe-me outra vaga de lembranças. Larguei a estrela metálica, perigosa não só porque podia ferir minha mão, mas porque revolvia uma raladura tão recente, ainda em carne viva.

Era bem melhor me deixar levar de volta à minha rede de dormir pelo velho bilhete do metrô de Paris, evocador de lembranças já esfumadas a ressurgir, porém, pouco a pouco, como outro pedaço de filme perdido no escuro por dentro das minhas pálpebras já fechadas. Fiz voltar uma e outra vez o rolo até ver, enfim, a cena perfeitamente nítida. Eu tinha acabado de sair do subterrâneo e de pôr um pé na ponte, em direção à Île de la Cité e à catedral de Notre-Dame, àquela hora, tão cedo, ainda vazia de turistas, para mais uma vez me recolher no silêncio da alta nave e nele despejar minha angústia, buscar alguma luz que orientasse os passos da minha vida dali em diante. Eles acabavam de entrar na ponte, no sentido inverso, e não foi ele o primeiro a chamar minha atenção mas sim a mulher que vinha com ele. Eu vi Angela Davis, um dos meus ídolos naquela época em que eu ainda tinha ídolos, caminhando ao meu encontro, acompanhada por um homem que mal percebi e falando animadamente. Eu não podia crer na minha sorte, Angela Davis em carne e osso à minha frente! Àquela hora, tão cedo! Claro, uma militante do calibre dela não tinha tempo a perder! Talvez reuniões internacionais com militantes radicais de todas as causas, algum brasileiro? Apressei o passo como se tivesse um compromisso urgente com ela, fosse eu a brasileira escalada para o encontro imaginado... Coisa de filme passado em Paris, só podia ser em Paris... Os americanos sabiam dessas coisas! Eu ainda não sabia quase nada. A uns dois ou três metros de distância, quase a ponto de parar e abordá-la, ouvi "Deixa disso, Paulinho! Seu francês é até bem razoável...". Voltei de chofre à realidade, que Angela Davis que nada!, só a silhueta era semelhante, apenas uma brasileira a mais, desgarrada sobre as pontes do Sena. Desviei rapidamente do caminho deles, mas não a tempo de evitar esbarrar no ombro do rapaz. Soprei um "desculpe", perdi o passo, desequilibrei-me, ele parou, virou-se, o braço esquerdo estendeu-se para impedir-me de cair, aprumei-me e finalmente o olhei. Sim, era ele, aquele mesmo olhar que eu, sem saber, procurava por toda parte, detido em mim por um momento, embora eu não pudesse reconhecer mais nenhum traço da sua figura. "Vamos, Paulinho, se não a gente se atrasa!", ouvi. Devo ter feito algum gesto de agradecimento, ele retirou do bolso a mão direita, acenou-me um meio adeus, retomou a caminhada. Percebi o bilhete de metrô ainda rolando no chão, puxado do bolso e, por certo, lançado a mim, eu desejava, como mais um sinal. Na hora o recolhi e fiquei, encostada à amurada da ponte, a mirar longamente o pequeno retângulo de cartolina, o mesmo que ainda sentia na palma da mão quando o cansaço e o embalo da rede me fizeram adormecer, e ali permanecia, amassado e úmido de suor, quando os potentes rojões reservados para a madrugada da festa me acordaram.

Desperto agora da minha *rêverie*, ainda confusa pela volta súbita do mundo tão distante onde eu estava ainda há poucos segundos, com a bulha dos meus companheiros de viagem retomando seus lugares no carro, enfim pronto a retomar o caminho sabe-se lá até onde, pois, segundo ouço, o pneu de reserva e todos os outros estão ainda mais carecas do que o estourado. Mudo de posição para aliviar minhas costas doloridas e trato de prestar atenção ao que se passa fora de mim e à beira da estrada, onde há um segundo ônibus estacionado, e acabo por entender que, de fato, o nosso carro não tinha pneu de reserva em condições e foi necessária uma longa negociação para que o motorista do outro carro aceitasse ceder o seu. Pelo jeito, ainda não se chegou a um acordo satisfatório, os dois motoristas continuam a discutir animadamente, bem no meio da pista. Talvez a discussão seja sobre futebol... Pouco me importa!

Não quero mais correria, pressa, velocidade... Ultimamente ando irritadiça e exausta, resisto, mas sou sempre arrastada pela pressa dos outros desde que a gente passou a viver, se mover, se informar, pensar e se comunicar com o máximo de velocidade possível segundo os diários e ruidosos lançamentos de novas geringonças eletrônicas, prometendo cada vez mais velocidade. Não é só o *fast-food* no estômago, é o *fast-food* no cérebro: *fast-news*, *fast-thinking*, *fast-talking*, *fast-answering*, *fast-reading*. Parece um complô para me obrigar a ser cada vez mais *fast*, em tudo, a ser avaliada e a me avaliar pela minha rapidez de resposta e de atualização. Ave! E quem pode, assim, continuar a ser gente, ter juízo e saúde? Rapidez obrigatória não combina com reflexão, raciocínio complexo, construção de argumentos fundamentados, avaliação crítica e honesta do argumento alheio, recuperação da memória, verificação conscienciosa das informações recebidas, pensar e julgar com ideias e valores coerentes e abrangentes. Sem isso, não é possível o debate honesto e profundo de coisa nenhuma, a intolerância e a violência se espalham por aí. Afinal, desde sempre o argumento mais rápido em qualquer disputa parece ter sido a força, o golpe, a violência, desde o tacape até o drone bombardeiro. Parece que estou reformulando a palestra a fazer quando chegar ao fim desta travessia. Um sindicato de trabalhadores rurais, aliado a outras das muitas organizações populares hoje espalhadas sertão afora, como sonhávamos há quarenta anos, convocou-me a ajudá-los numa reflexão crítica sobre o pensamento dominante e a influência da mídia televisiva desde a chegada da eletricidade. Querem aprofundar as principais questões, a partir de sua experiência, para elaborar e lutar por uma proposta educacional adequada à realidade sertaneja. Alegram-me, fazem-me reviver, esses convites, provas da germinação das sementes tão custosamente metidas nas covas do passado. Mas não, agora não quero pensar nessa tarefa e hoje não tenho pressa de chegar.

Por mim, enquanto eu puder refazer o sertão das minhas lembranças e belos assombros revividos esta noite, os motoristas podem discutir pelo resto da vida. Eu não tenho pressa. Ou melhor, resta-me pouco tempo para passar a limpo meu velho sertão, destacá-lo da maçaroca de recordações acumuladas vida afora, muito pouco tempo para desenlear e re-enrolar até o fim esse novelo. Basta-me encostar a cabeça, fechar os olhos e volto mais que depressa para meu quartinho naquela madrugada de festa em Olho d'Água.

O estrondo dos foguetes e a cadência da música lá fora eram mais fortes do que minhas vagas saudades de alguém que eu nem sabia quem era, mas, lembrei-me então num sobressalto, talvez existisse, sim, e estivesse a caminho de Olho d'Água vestido em sua armadura de couro e montado em seu corcel dançarino!

Às pressas, larguei o bilhete molhado na caixinha deixada aberta sobre o baú, fechei tudo, tirei minha melhor roupa, o único vestido trazido na minha mochila, comi o resto das bolachas secas encontradas numa lata, empurradas por um caneco d'água, sem pachorra para fazer café, e corri ao encontro dos outros.

Lá vinham eles da outra ponta da rua, em suas roupas de festa, cada ano retintas com os restos de anilinas das redes, eu já sabia. Formavam um bloco compacto, atrás do andor florido e à frente da banda de pífanos, as cabeças subindo e descendo ao compasso da música, e braços erguidos, uma pequena e colorida multidão orante e dançante, como Davi e seu povo diante da Arca da Aliança que tinham me encantado num primitivo mural de igreja de alguma aldeia italiana. Nas margens do bloco viam-se toscos carrinhos de mão trazendo velhinhos, doentes, aleijados, e vinham jumentos com os caçuás carregando crianças de colo. Estavam todos lá, só eu faltava. Eu tentava correr na areia para juntar-me logo a eles, já mais próximos, quando percebi, além e acima das cabeças bailarinas, outro movimento, em outro ritmo, dado pelo trote dos cavalos a conduzir um grande número de chapéus de couro e seus donos, os vaqueiros anunciados e, quem sabe, entre eles, Antônio.

Tonteei, alguém acudiu e me amparou, levando-me até um tronco decepado à beira da rua onde me ajudou a sentar. Ainda zonza, tentava equilibrar-me, abrir os olhos e ver a fantástica procissão, mas, na minha visão embaralhada, misturavam-se as imagens dos vaqueiros ali presentes com o torvelinho de areia, patas, crinas, caudas e albornozes azuis de uma espantosa cavalgada de tuaregues no Saara e as ondulações de um mar de bandeiras vermelhas e brancas, margeado por altos edifícios, lançando-me de volta à vertigem e à escuridão.

Acordei não sei quantas horas depois, o pensamento ainda enevoado, um frêmito de galope percorrendo o corpo, a sensação de balançar-me sobre o convés de um barco em alto-mar, até reconhecer-me largada numa rede na sala quase vazia, onde só a estampa de santa Luzia com sua bandejinha oferecendo um par de olhos, pendurada numa parede, e as rústicas peças de madeira amontoadas ao pé de outra parede denunciavam ser a da casa de Fátima. Tentava manter os olhos abertos, erguer-me e pôr os pés em terra firme, com uma vaga lembrança de mãos e braços me carregando e vozes aflitas, "Fome, só pode", "Nadinha de janta, ontem", "Avoada de todo", "Já faz vários dias", "Doente, falta costume com o calor e o trabalho pesado", o líquido quente e uma papa morna descendo pela goela, "Tome, engula, vá, durma, melhora logo".

Mal me mexo, ouço a algaravia a muitas vozes, mal distinguindo as palavras: "Mãe, Maria acordou, vem, Mãe, que Maria acordou!" À contraluz percebo a silhueta de Fátima na porta, e me apazigua, como sempre. Desperto de vez, consigo aprumar-me sem dificuldade, mas com um misto de vergonha e expectativa, como criança culpada de uma travessura a aguardar a repreensão.

"Mas, tá, menina! Ficou fraca do juízo, é? Parece. A gente pode viver com quase nada, mas sem beber, comer e dormir, pode não! Agora você fica aqui, feito minha filha e eu feito sua mãe, pra lhe cuidar até você criar juízo de novo e poder voltar pro trabalho e pra sua casa. Vai ficar aqui pelo menos até o Natal, e sem rezingar. Ontem já perdeu o melhor da festa da padroeira, não vai agora perder também o pastoril, a lapinha, o reisado! Ainda tem muita festa pela frente!"

Enquanto me alimentava com cuidados de mãe recém-parida, só faltando dar-me na boca o cuscuz com ovo, Fátima foi me descrevendo com entusiasmo tudo o que perdi da mais bela festa vista ali desde que a avó dela era criança. A missa do padre vaqueiro, "a coisa mais linda desse mundo", um altar improvisado na porta da igreja, visto por todos, os mais frágeis à sombra, dentro da nave, os demais ao sol, no grande espaço vazio à frente do templo, cercados e protegidos pelo semicírculo de cavaleiros encourados. E a cantoria acompanhada dos foles de muitas sanfonas saídas sabe-se lá de onde, a tornar supérfluo qualquer grande órgão, se houvesse, e o lamento dos berrantes como longos óóóós pedindo as graças da Senhora do Ó. E a grandeza das palavras do padre "que até menino pequeno entendia"!

Quando estranhei que estivesse em casa àquela hora, já manhã alta de um dia de semana, minha amiga explicou que aquela semana o trabalho era pouco, no tempo das vésperas da festa até o Natal não vinha o caminhão com a carga de fio para levar as redes prontas. "Esta semana é só mesmo buscar água, e eu dou conta logo cedinho, acabar algum serviço que se atrasou por causa da novena, e tempo pra ajeitar bem bonito o pastoril e a lapinha, ainda se precisa de muita coisa, os trajes, mais flores, a palhocinha pro Menino Deus, outro trabalho, maneiro, de divertimento e devoção, muita gente pra ajudar. É nosso tempo de folga de um ano todo! Depois você vai ver. Mas agora não sai daqui no sol quente nem por nada, que eu não deixo."

Alimentada e informada de que a banda de pífanos, padre e vaqueiros, mais os eventuais devotos vindos de outras paragens haviam partido e ali restavam "só mesmo nós, o povinho daqui de Olho d'Água", evidentemente já me incluindo, sosseguei. Nem foi difícil resistir à tentação de perguntar se o tal Tonho também tinha vindo. A tentativa de ajudar Fátima, varrer a casa, lavar os trastes de cozinha e uns paninhos de corpo, adiantar o almoço enquanto ela, entrando e saindo de casa, cuidava de outros afazeres, fez-me voltar sem sobressaltos ao presente, a inevitabilidade da lida com as coisas materiais afastando sonhos e fantasmas.

Obedeci, permaneci dentro de casa, fiz uma longa sesta na minha própria rede, trazida da minha casa por Biuzinho para recuperar a sua, ocupada por mim durante a noite enquanto ele se contentava com uma esteira. Quando o sol começou a inclinar-se para o poente, a luz rasante a delinear enfeitando, entre sombras, as silhuetas de casas, árvores, gentes e bichos, e uma brisa leve começou a esfriar o chão, minha amiga me chamou: "Agora pode sair que vou lhe mostrar uma coisa". Levou-me pela mão e, pouco antes do cajueiro de dona Zefa, embarafustou por um longo caminho quase invisível no meio do matagal seco, saudando de vez em quando algum menino atento, como vigia, semioculto na vegetação, até uma minúscula clareira onde se erguia e se escondia um barracão de taipa sem janelas, coberto de palha, cuja porta escoava a luz trêmula de algum candeeiro e um burburinhar de vozes femininas. Entramos. "Eita! Quase tudo pronto pro pastoril e pra lapinha! Mais dois dias pra ajeitar o que falta e vai ficar uma beleza!"

Lá dentro, a azáfama, o falatório e as risadas não cessavam. Passavam-se de mão em mão vestidos azuis e vermelhos, túnicas brancas, o trançado das varandas de redes fazendo-se de rendas, asas compostas com pluminhas de arribaçá, grinaldas, estrelas, mais flores, coisas inventivas e ingênuas tecidas em algodão rústico, construídas em papel ordinário e varinhas de madeira flexível, tudo alvejado com água de cinza ou tinto em cores vivas e, logo compreendi, às escondidas do Dono e seus prepostos que nunca se meteriam pela caatinga adentro à toa, "Tem de ser feito assim, acochambrado cá no meio do mato, senão eles eram capazes de rebentar com tudo só pra aperrear mais o povo".

Fátima me puxou outra vez pela mão, o caminho continuava para lá do barracão, e depois de mais uma custosa caminhada e alguns arranhões nas pernas e braços, comecei a ouvir outras vozes, essas cantantes, harmonizadas e igualmente alegres. Ao fim do caminho, outra clareira e todas as meninas do povoado reunidas, vestidas em seus trapos de sempre, já no lusco-fusco do rápido entardecer, mas com as caras iluminadas de alegria e animação, a ensaiar cantos e coreografias, alguns meninos a conduzi-las galantemente ou a repassar de memória longas sequências de versos acompanhados por gestos dramáticos. Não percebi quem comandava. Pareciam todos terem nascido já sabendo o que fazer, o que cantar, dançar, recitar, eles, a face festiva, o contraponto da natureza hostil ao seu redor.

Outra vez estanca-se o embalo do ônibus que me leva para diante, cada vez mais longe do meu outro sertão, e vejo que parou para recolher novos passageiros. Sob as fracas e desfalcadas lâmpadas do teto vejo avançarem três adolescentes, um garoto e duas meninas, os três sob bonés enfiados até as sobrancelhas, com pares de fios descendo das orelhas até os bolsos das jaquetas ou das mochilas às suas costas, os três com os mesmos olhos mortiços, os beiços moles pendentes, as cabeças balançando, cada uma em seu ritmo próprio, como se estivessem prestes a ter uma convulsão. Os meninos, mudos, passam por mim e desaparecem lá no fundão escuro do carro. Reconheço logo os sintomas do autismo digital e me entristeço: não, essa síndrome não se restringe mais aos meios urbanos. Invadiu este sertão. Prefiro, pelo menos agora, enquanto posso, voltar a outro tempo e suas vozes naturais.

Naqueles dias entremeados à festa da padroeira e aos festejos de Natal, o cansaço do trabalho pesado agora suspenso, substituído pelo descanso e o entusiasmo dos folguedos, permitia serões mais longos à luz das estrelas. E as histórias se multiplicavam, por entre as lembranças de dezembros passados, acrescidas das aventuras e desventuras recentes de alguns poucos que, talvez enfunados pela memória das celebrações de seu povo, acabavam de retornar do mundão além.

Contavam, com a mesma sincera convicção, os mínimos detalhes de suas viagens e lutas pelo país afora para conseguir juntar algum dinheiro, comprar um tear ou uma banheira velha para tingir fio e voltar para ali, como tinham conseguido isso pendurados perigosamente em fachadas de altos prédios, em instáveis andaimes, vivendo amontoados em soturnos barracões nos canteiros de obras pelo país inteiro, ou debaixo de viadutos de São Paulo a fabricar casinhas de cachorro com tábuas de caixote de frutas recolhidas nos restos das feiras livres, coisas que minha memória visual podia confirmar, mas narravam também as histórias mais fantásticas, que aos poucos me vão voltando.

Eram quase sempre fantasias ou parábolas como a da velha e da criança, vindos de longe, em outros tempos, tendo vivido, eles garantiam, "logo ali, por trás do serrote, até chegar a hora de desviver". Contavam, me lembro bem, que num lugarejo bem para lá do rio, "Uma mulher estava buchuda de duas crianças, mas a comadre parteira ao chegar, às pressas, e apalpar a barriga já em ponto de parir, não percebeu serem dois. O primeiro saiu grande, bonito, abriu logo o berreiro, 'Eita! Pulmão de aço!', disse a parteira, 'agora só falta o cordão e a placenta pra enterrar'. Foram cuidar do primogênito, apararam o cordão, a placenta, o sangue numa bacia e já iam enterrar quando a bisavó ouviu o meio grito: ele estava lá na bacia, misturado com o resto, vestido de sangue e muco, quase um menino, meia cabeça, como cortada a facão, certinho o corte, de cima a baixo, um olho, uma venta, uma orelha, metade de um riso, de um tronco, das partes, um braço, mão, uma perna, pé, tudo perfeitinho. Meio menino. 'Ôxe, um saci!' Acharam que não vingava, deixaram pra lá. Só a bisavó acreditou, recolheu, levou pra expulsar a solidão de sua tapera. 'Nascidos antes da hora, faltou o acabamento deste', cismou. Todo dia regava com água de chuva o lugar do corte, a emenda, pensava. Esqueceram-se dele como já tinham esquecido a velha. Ela aguando, o corte se abrindo, brotando, crescendo a outra metade. Metade de menina. Quando viram: 'Catimbó!', disseram. A avó fugiu com a criança pro ermo mais distante, ali, junto de Olho d'Água que era quase lugar nenhum". Ele-ela cresceu sem conhecer maldade e o povo dali nunca contou nada a ninguém de fora pra não fazerem mal a um inocente.

A realidade muito mais prosaica, porém, impunha-se nos relatos dos recém-chegados, ávidos por desabafar.

Alzira voltou para Olho d'Água só por causa de Candinho, semeado aqui mas nascido lá no Rio de Janeiro, e "vai ver que o sacolejo da viagem fez mal a ele, nasceu diferente. É diferente, Candinho. Nasceu, parecia igualzinho aos outros, mas depois que pegou a ter convulsão, ataque, ficou assim". Alzira ficava triste quando diziam que ele era bobo, retardado. Nunca aceitou isso. "Ele é só diferente, ôxe! Não tem malícia." Às vezes parecia meio leso, é verdade, mas não era, não. "Tem só umas manias, não quer que ninguém bula nos teréns dele. Faz e diz umas coisas que a gente não entende bem, mas é só isso, diferente. Nunca fez mal a ninguém e tem vez que aprende as coisas muito mais depressa e inventa jeito que ninguém tinha pensado antes pra sair das dificuldades do dia a dia."

Alzira gostou quando ouviu lerem na Bíblia: "Da boca dos inocentes sai a sabedoria". Aquilo falava de Candinho, inocente, e ela começou a prestar mais atenção ao que ele diz, querendo compreender a sabedoria escondida ali. Pelejou para segurar Candinho na escola, mas não houve jeito. "Também, nem queriam ele lá." A professora dizia que não podia lhe ensinar nada, que ele não prestava atenção, ficava avoado, com os olhos vidrados, olhando pela janela ou para uma mancha qualquer na parede. Era como se Candinho não estivesse ali. De repente, começava a contar uma história sem pé nem cabeça, parecendo sonho, e não havia quem fizesse ele calar até acabar. Causava confusão na sala porque os outros meninos gostavam de aperrear Candinho. Nem ele mesmo queria ficar na escola: quando lhe dava aquele desassossego, saía porta afora, sem dizer nada, e sumia nos becos do morro. Só ia chegar em casa já de noite sem saber dizer onde tinha andado.

Candinho esteve sempre no centro da vida dela. De primeiro tinha a preocupação de que lhe acontecesse alguma coisa ruim, alguém se aproveitasse da inocência dele, durante as horas em que ela saía de casa para cumprir sua sina de diarista, ou de que um dia ele sumisse para sempre. Mas Candinho não era difícil de lidar, não, era bonzinho, carinhoso. Com o remédio que passaram para ele, o menino não tinha mais ataque. "Graças a Deus", Alzira sempre conseguiu garantir o remédio, fosse no posto de saúde, ou comprando, ou com as amostras grátis que a patroa dona Marta arranjava.

O problema com a vizinhança só começou quando Candinho deu de passar e pegar o que lhe desse na telha, na casa de qualquer um, entre os pertences dos outros. Pegava qualquer besteira, que não valia nada e trazia para casa, escondia debaixo da cama. Alzira tentou explicar para ele que não podia, "coisa dos outros é sagrada", mas era como se ele não ouvisse nada, não entendesse. O menino fazia que sim com a cabeça, virava as costas e ia direto pegar uma colher ou um garfo torto no barraco de Osvaldo, ou de dona Arlinda, ou mais abaixo. Levava um susto, sem entender nada, quando a mãe ouvia os gritos, chegava correndo, agarrava o braço dele e arrastava de volta para casa.

Alzira até conseguia viver no Rio de Janeiro, como diarista. Em vista da dureza de vida que tinha aqui antes, "aquilo lá não era nada e dava pra pôr o comer na mesa todo dia e até pra comprar um barraquinho no morro". Economizava tomando um transporte só, para ir e voltar do serviço. Caminhava a pé mais de uma hora na ida e na volta, carregando as sandálias na mão para não gastar as solas. "E isso era nada pra quem subia por aí acima muitas vezes por dia e ainda voltava com um pote d'água bem grande na cabeça."

Cada vez que ia visitar Candinho no Recolhimento Provisório, três anos, sem perder um domingo, tinha de ouvir reclamação do supervisor, dizendo que só não botava o moleque na rua de novo porque não podia, mas bem que queria; ali dentro ninguém aguentava mais Candinho... Mas o juiz não quis soltar até completar os dezoito anos. Ela nunca deixou de ir à visita. Mesmo quando havia rebelião e não podia entrar, ficava olhando da grade. "Então não é verdade que mãe, só de olhar, consola?" Quando ele completou a idade e saiu, ela já estava na porta esperando, com os bilhetes de passagem na mão, de volta pro sertão, e mais alguma coisinha sobrou, do envelopinho de Natal recebido de dona Marta, do dinheiro dos troços que ainda prestavam e do barraquinho, vendidos para garantir a viagem e para começar a sonhar com um tear. Os maiores ficaram trabalhando lá no Rio, prometeram ajudar, assim que pudessem. Aqui, Alzira sabia que Candinho se ajeitava, o povo ia entender que ele não fazia por mal, ela ia devolver qualquer coisa que o menino pegasse dos outros, havia de ser quase nada, que aqui quase nada havia para se esconder num bolso. E o vaqueiro Nicodemos tinha deixado o menino todo animado prometendo ensinar-lhe a montar e vaquejar. "Deus é bom!"

Outro retornado também, desembarcando do caminhão do fio, cedinho, mesmo no dia da festa, foi Luizinho, filho da falecida dona Dasdores. Não tinha aguentado mais, com esse tempo de Natal chegando, e veio embora, para ver se dava para ficar junto da avó e dos tios. Durante o resto do ano era fácil conformar-se com a rede velha porém macia, pendurada no canto atrás de uma pilastra de um mercado, amarrada nos caibros do telhado baixo onde escondia também o saco plástico com a roupa melhorzinha, escova, pasta de dentes, sabonete, alguma água de cheiro quando podia. Era só cuidar de não deixar goteira bem em cima que não havia desconforto algum. Luizinho até gostava de deitar-se ali e ficar olhando o céu e a cidade se estendendo para cima e para os lados, aquele sem-fim de luzes. Ele tão pequeno, magro, mas disposto, nunca lhe haveria de faltar um canto no mundo.

Guardar, à noite, a barraca de Elinaldo, descarregar um caminhão aqui, outro acolá, quase todo dia um prato feito e até, com sorte, dois no mesmo dia. Uns trocados para a cachaça, para o luxo de ir ao barbeiro fazer barba e cabelo toda semana e o banho de chuveiro todo dia, isso sim, eita luxo! O que mais precisaria? Ali no mercado havia conversa para todo gosto, lembranças de todos os sertões, cheiros, cores, fruta e hortaliça meio amassada de toda qualidade, um resto de linguiça já frita, sarapatel ou uma tapioca de queijo ou carne que algum conterrâneo das barracas de comida pronta lhe dava se ele ajudasse a desarmar a banca, uma boa guimba de cigarro era fácil. E música por todo lado. Se não gostasse de uma, era só mudar-se para perto de outra barraca, ir escolhendo a canção que quisesse conforme o sentimento do momento. Uma vez, rasgou-se uma calça da barraca de roupas de Elenice, rasgão pequeno, e ela pegou, remendou e deu para ele, "Uma beleza! Nem se via o cerzido". Outra vez foi uma camisa bacana, da barraca de Anésio, novinha, só com um pinguinho de água sanitária numa beirada, praticamente invisível. E ainda tinha a bondade de Madalena, que o acudia sempre, quando estava muito precisado, para pagar quando pudesse, se... Algum chamego às vezes, com Lindinalva. Depois, uma noite de um sono só, sem sonhos.

Luizinho já tinha querido muito na vida. Em menino, logo que chegou lá no Rio e viu aquele mundão danado de coisas, era desejador como ele só: roupa da moda, bola de futebol, sapato, bicicleta, festa de aniversário, rádio de pilha próprio, para carregar em toda parte, namorada, estudo, uísque com muito gelo, emprego de terno e gravata, casa com varanda... Não deu. A mãe achou que o irmão ia dar mais certo, era mais inteligente, foi para a escola. Era um ou o outro. O irmão deu certo. Luizinho foi carregar balaio na feira. "É a vida, Deus permitiu assim." Não se queixava não, porque não adiantava.

Só quando chegava o mês de dezembro é que ele se desorganizava todo. Por fora não se via, desorganizava-se era lá dentro, aquela agonia de não saber como conseguir ganhar um dinheiro a mais para fazer o que sempre fez na noite de Natal, seu orgulho, sua obrigação de homem decente: barbear-se, banhar-se, perfumar-se, vestir-se com a roupa boa, esconder a chinela de dedo e castigar os pés nos tênis quase novos achados em algum latão de lixo do mercado, mas tão bem lavados por Lindinalva que ninguém diria, chegar na hora certa na casa do irmão e distribuir seus presentes: uma boneca ou um carrinho para os meninos pequenos, "Coisa boa, nada de porcaria usada", uma água de cheiro bem ajeitada para cada um dos grandes, vidros bonitos, papel de presente. Depois receber o pacote com as roupas usadas do irmão, "mas boazinhas que só!". O irmão era contador, tinha de ser tudo muito lorde, trabalhava de gravata e camisa de manga comprida, em ordem, gastasse um pouco já não servia para ele. Mas para Luizinho era roupa nova, "Graças a Deus!". Enfim, sentar-se à mesa, comer com todos, de garfo e faca e prato de louça e copo de vidro todo delicado, guardanapo, sobremesa. O resto do ano era quase um dia só, bem comprido, de apenas ver correr a vida, mas, mesmo depois da morte da mãe, aquela noite era o outro dia do ano, a compensação de todos os tempos quase vazios de sua existência.

O mês de dezembro passava sempre todo atrás de alguma coisa para fazer, algum serviço extraordinário, o suficiente para os presentes, verdadeiros presentes, com papel brilhante, laço de fita e tudo. Fazia qualquer coisa, aceitava qualquer biscate, menos aquilo. Aquilo era demais, e não combinava na cabeça dele vender sua decência para manter a decência. Até aquele ano, sempre tinha conseguido escapar, achar outra solução, digna de um homem de verdade, mas naquele dezembro Luizinho já tinha perdido a esperança, faltava menos de vinte dias e nada.

Uma vez, como essa, estava desesperado e já em ponto de ceder, chovia uma cachoeira, foi-se encaminhando para o ponto onde recrutavam miseráveis como ele para fazer aquilo, tropeçou no meio-fio, estirou-se por inteiro na enxurrada que vinha descendo rua abaixo, teve vontade de se largar ali, fechar os olhos, desistir de tudo, parar de respirar, morrer afogado. Foi salvo por um pedaço de papel amarelado que a enxurrada grudou na cara dele: uma nota de cinquenta.

Mas naquele ano nem sequer chovia, nada de nota de cinquenta. Dois milagres iguais para a mesma pessoa, nem pensar. Se falhasse um ano em ir à casa do irmão, nunca mais, não teria mais coragem de aparecer, teria se tornado um perfeito zero. Cedeu. Não era mais capaz de encontrar serviço de homem de verdade, só fingimento de homem de mentira. Cabeça pendente sobre o peito, pés arrastados, ele contou, chegou à porta traseira do depósito, permitiu que lhe amarrassem um travesseiro malcheiroso à cintura, umas barbas de algodão sebento na cara, vestiu a roupa vermelha, feita para um defunto maior, e foi para seu posto, quase morto por dentro, escondido por trás da barba suja, uma sineta na mão, "ho, ho, ho", uma semana inteira. Deu a doida nele. Pegou o dinheiro, Lindinalva completou o troco que faltava, juntou num saco suas roupinhas poucas e a parte da xepa da feira que aguentasse dois dias e três noites de viagem, o caminho a pé para a rodoviária era nada, légua e meia, e chegou de volta onde Natal era só pastoril e lapinha, "Coisas que Deus Nosso Senhor abençoa e não se precisa pagar nada".

Quantas histórias possuíam! Algumas tão extraordinárias e imaginativas que eu muitas vezes pedia de novo, compondo assim minha biblioteca mental talvez mais rica do que a outra, de papel, trazida na minha exígua mochila. Era assim a história de certo Lázaro, da qual também não sabiam precisar a época, mas sabiam de tudo o mais, até dos sentimentos mais profundos do personagem, que reinventavam a cada narração e eu reinvento agora. Lázaro nasceu e se criou num mundo inteiramente opaco. Nem na terra seca, nem nos braços teimosamente verdes dos mandacarus e xiquexiques, nem nas asas empoeiradas dos pássaros ou na pele rugosa dos calangos e nem mesmo na superfície da água escassa e turva, escondida no fundo escuro dos cacimbões, imagem alguma se refletia. A barba amarelada e longa, o pai, Beraldo, que diziam ser meio doido, aparava à altura do primeiro botão da camisa, com a peixeira bem afiada, sem precisar de espelho.

Desde que pôde andar sobre suas próprias pernas, a vida de Lázaro não foi outra senão ajudar o pai a transformar garranchos do mato em carvão pobre, para alimentar, vez por outra, os tristes fogões onde conseguissem chegar os dois jumentos magros, ali em Olho d'Água ou outros povoados semelhantes, tão pobres que nem vidro nas janelas ofereciam.

Cresceu sem conhecer a própria cara, imaginando-se ora à feição do raro passarinho que pousava num braço do mandacaru à porta da casa, ora como a cópia lisa da cara barbada do pai, nos momentos em que alguma ternura se filtrava através do couro duro do homem, ora como reflexo da cara alva e dos olhos pálidos e tristes da mãe e da irmãzinha. Cresceu sem jamais ver o próprio rosto, sem saber que nele se havia incrustado a poeira do carvão até torná-lo negro como jamais o fora nenhum negro de África, como por ali nunca se vira outro, porque eram igualmente negros os lábios e as palmas das mãos, negror fosco onde alumiavam estranhamente os claros olhos azuis, herdados de algum remoto holandês desgarrado pelos sertões.

Até passarem os ciganos e o pai deixar fincarem as barracas no descampado perto da casa e tirarem água de seu poço. Lázaro buscava-lhes lenha, trazia-lhes a água salobra do cacimbão, espiava-os de longe, fascinado pela brecha luminosa e colorida que abriam na cortina de monotonia a cobrir seus dias. Quiseram agradar o menino, em sinal de gratidão. Amarraram-lhe à cabeça o lenço vermelho com moedas de pechisbeque enfeitando as beiradas, acrescentaram-lhe o chapéu preto de abas largas, tiraram de sob a lona uma de suas mágicas, estranho objeto, e lhe puseram diante da cara: "Mire-se". Mirou-se e teve pavor do que viu: os olhos de fogo azul do Cão, reluzindo numa cara de escuridão. O safanão que lhe saiu espontâneo rompeu a imagem em mil pedaços. Os ciganos riram e, pouco depois, foram-se embora.

Foram-se os ciganos mas permaneceu por muito tempo a agonia, o medo de ver de novo aparecer-lhe, de qualquer canto escuro, a cara trevosa do Cão cuspindo fogo pelos olhos como a vira no retrato apresentado pelos nômades. Até que o medo de ver o Cafuçu lá fora foi-se apagando, outros sentimentos, uma agitação de desejo, não sabia do quê, lhe davam uma quentura por dentro, querendo sair para fora, como não cabendo no corpo, embora soubesse que seu corpo crescera muito. A lembrança dos ciganos, as raras idas aos povoados, a voz fanhosa, acompanhada de rãs, grilos e cigarras, que saía pelo rádio de pilhas da bodega de seu Crispim, uma légua além, na beira de um caminho, para onde ele fugia toda tarde depois do trabalho, um ou outro tropeiro parando para comer, beber e prosear na bodega eram sinais de que existia mundo em algum lugar.

Quando vieram os funcionários e os engenheiros, anunciando a estrada, a barragem, a mudança obrigatória do povo para outras terras, não percebeu perigo. Animou-se até. Sair daquele mundo cor de terra, eternamente imóvel, e ir mesmo além do povoado próximo, ver de verdade tudo o que era apenas imaginado pelas falas do rádio e a prosa dos tropeiros, descobrir que desejo era aquele por coisas desconhecidas.

Ouviu dizer que vinha um ônibus para buscá-los, logo que se acabasse de abrir a estrada. O ônibus! Que maravilha imaginava ser o ônibus! Preparou sua trouxinha, como os demais. Adeus carvão, adeus solidão, adeus deserto.

No dia esperado, foi o primeiro a subir no ônibus já cheio de gente de outros lugares, também obrigada a partir. Foi o primeiro a sentar-se junto a uma janela e a mirar-se, espelhado no vidro. Pavor! Impedido de descer pela gente que subia, debateu-se como passarinho na arapuca, de um lado para outro daquela caixa envidraçada. Por todo lado topava com a cara trevosa e os olhos acesos do Cão. Pavor! Os outros, amontoados no carro, a bulir com ele, a rir do medo dele, gargalhadas crescentes fundindo-se todas num rugido infernal, dezenas de mãos agarrando-o, querendo prendê-lo à cadeira, olhos arregalados que ele não podia mais reconhecer. Não, aquelas caras não eram mais a da mãe, da irmã, do pai, de seu Crispim. O danado do ônibus era mesmo a passagem para outro mundo, a condução para o mundo da maldade.

Escapar dali a qualquer preço, meter-se, arranhando-se, pela fresta de uma janela aberta, estatelar-se na terra solta, pôr-se de pé, escalavrado, e disparar na carreira foi coisa de segundos. Lázaro sumiu para sempre em seu mundo fosco, entre cactos, aves e cobras, todas inocentes criaturas de Deus.

Os vaqueiros diziam, cada vez que se contava de novo essa história, que de vez em quando viam movimento estranho na caatinga, de bicho não era, eles conheciam, era Lázaro, com certeza, fugindo sempre.

Do descanso dado pela fantasia das histórias sem tempo tirava-se ânimo para aceitar serenamente os relatos das dores presentes trazidas pelos retornados. Voltou também o Manoel de seu Tito. Nunca mais tinha dado notícia, havia três ou quatro anos, desde que pegara na mão a carteirinha de dispensa do serviço militar e a identidade, à custa de muitas léguas a pé até a sede do município, subindo e descendo serra, e partira logo para São Paulo atrás de trabalho. Voltou de tristeza, já tinha aguentado muita coisa, mas a morte de um amigo acabou de vez com a vontade de ficar se acabando por lá. Na verdade, parecia já ter bem mais do que seus vinte e dois anos. E contou, às vezes com lágrimas e a voz embargada que quase ouço de novo, tal e qual.

"Quando vi meu amigo Parafuso sumir nas águas de uma enxurrada numa rua de São Paulo, nem me consolei com a reportagem do jornal e da televisão dizendo que ele era um herói morto pra salvar a vida de outra pessoa, porque não era verdade, eu sabia. O infeliz morreu foi de tanta desgraça que lhe caiu por cima, e podia ter acontecido a qualquer pobre, que nem eu, e daí juntei meus troços, a paga do mês e vim embora. O Parafuso morreu, é verdade. Eu vi. A mulher gorda se salvou, também é verdade. Eu vi. Mas que Parafuso foi um herói, como aquele rapaz disse na televisão, isso não pode ser verdade de jeito nenhum. Não fez de vontade própria. Digo de certeza, porque se alguém foi mesmo amigo dele, amigo de fé, fui eu. Fui o melhor amigo do Parafuso, desde o dia em que a gente se conheceu no barracão da obra, no beliche do canto escuro que deram pros serventes acabados de contratar, ainda sem carteira assinada nem nada. Fui mesmo o único amigo que ele teve. Por isso mesmo ele também foi pra mim o melhor amigo. Porque, quando um homem só tem um amigo, cuida dele o melhor que pode. Só eu sei o que havia lá dentro do coração daquele pobre. Sei o bom, e era muito. Mas também sei o ruim: era o medo, minha gente, o pavor danado de morrer. Pensava nisso todo dia, não era como a gente, rapaz novo, vivendo descuidado sem pensar em morte, como se ela não fosse chegar pra nós nunca. Parafuso morria de medo porque um besta qualquer disse a ele, ainda menino pequeno, que aquela cara feia dele era cara de condenado, pra quem só tem lugar no inferno. Disseram de pura maldade, mas o inocente acreditou naquilo, ficou com a ideia girando na cabeça pra sempre e esse medo fazia ele toda hora dar meia-volta-volver na vida. Por isso eu digo e repito: a notícia dada, na televisão e no rádio, de um marginal morrendo como herói pra salvar a vida de uma mulher, não é verdade, não. Marginal, nunca foi. Conheci bem a mãe dele, coitada, me contou a vida dele todinha. Foi é desprezado, saco de pancada da polícia e dos valentões da favela onde cresceu, o cristo crucificado pelas moças bonitas que ele adorava e se serviam dele pra gato e sapato. Pediam todo tipo de serviço, o pobre fazia de boa vontade, e depois riam dele, mangavam. Era bom como pão, manso e com um gosto de ajudar, de agradar fosse quem fosse, assim como se estivesse pedindo perdão por ocupar lugar neste mundo. Mas a ponto de arriscar a vida por seu próprio querer? Com aquele medo danado de morrer? Que nada! Eu até digo que todo o acontecido com ele foi porque nasceu feio que só! Ou então foi logo depois de nascer, pegou um mau jeito qualquer. Feio e pobre, pois! Hoje em dia rico só fica feio se gostar, porque pra tudo eles agora têm pintura, peça de reposição, fazem operação, ajeitam. O Parafuso não tinha esperança: feio e pobre... Mas quem tem culpa de uma coisa dessas? Merecia viver como toda a gente, com igual dose de sorte ou de azar. Beleza, feiura, ninguém escolhe, mas, nesse mundo de aparência e vaidade, saiu feio, tem de purgar. Desde muito pequeno, no quartinho do seu peito, Parafuso abrigava um amor vadio que não achava paradeiro. Bem que ele tentava lhe arranjar alojamento em outro peito. Oferecia seu carinho à mãe, mas ela estava sempre cansada e aflita demais pra apreciar. Fazia tudo pra agradar aquela irmã que só pensava no sujeitinho do barraco da frente, não lhe dava nenhuma atenção. Parafuso, amoroso como era, sem nenhuma exigência, tentou dar carinho a todas as garotas enjeitadas das redondezas, mas nem elas se interessaram. Pra dizer a verdade, as meninas fugiam dele como o diabo da cruz, ou como as cruzes fugiam do diabo e diziam 'Com aquela cara, Deus me livre!'. Ele era feio mesmo. O próprio Parafuso acabou por dar razão a elas. O problema era que, pra apresentar seu amor, não tinha outro equipamento.

Só mesmo aquele corpo que lhe deu a natureza, ajudada pelo azar. O tropeço não estava só na cara. A cara até era o de menos, vista de certa distância dava pra passar por normal. Nem eram as vistas fora de nível, que ainda tinha modo de disfarçar pendendo a cabeça pra um lado ou pro outro. Não. O pior era tudo, era o arranjo geral do corpo dele. A única coisa no meu amigo igual qualquer outro, nem mais feio nem bonito, era aquilo no meio das pernas, que a decência deste mundo manda esconder, e ele nem teve a sorte de nascer índio. De pequeno ganhou apelido de Tição, depois Beiçola, Zarolho, como muita gente. Mas isso era mais como as etiquetas do almoxarifado da obra e não apelido próprio. O nome dele mesmo era como saiu na certidão de óbito e no jornal, Carlos Henrique, nome de lorde. Mas isso antes dele morrer quase ninguém sabia, só mesmo o rapaz da seção de pessoal que cuidava da folha de pagamento da construtora. Era Tição ou Zarolho mesmo, até o dono da bola das peladas de domingo no canteiro da obra dizer que aquilo não era gente, era um parafuso. O pior é que era mesmo. Depois do cara dizer isso, a gente não podia deixar de ver. Um parafuso, certinho. Todo enroscado. Era bom de bola, o Parafuso, novinho ainda, nem parecia ser de maior, podia ter feito teste num clube, se tivesse apoio da firma, crescido no futebol, chutava forte, corria muito, descobria caminho e barafustava pro ataque onde não tinha caminho nenhum. Mas o dono da bola cismou com ele, proibiu de jogar, tinha poder, era apontador na obra. Disse que aquele jeito dele de olhar pra um lado, correr pra outro e chutar pra acolá, se, de fato, atrapalhava os adversários, atrapalhava mais ainda o esquema de jogo dele. O dono da bola queria ser técnico. A verdade é que quando Parafuso se punha teso, parado, assim em posição de sentido, se o nariz apontava pra frente, as pontas dos pés juntos miravam certinho, fora do esquadro, pra outro lado e o peito pro lado contrário, mais ou menos assim. Aquele corpo torto parecia um aviso sobre o destino dele. Foi mesmo por isso que o Parafuso foi parar na cadeia: a vista mirando pra uma direção e os pés carregando ele pra outra. Por se conformar com a feiura e acreditar que um sujeito demais de feio já está condenado, ele podia mesmo ter dado pra bandido. Mas com aquele baita medo de morrer e um coração mole daquele jeito, ele nunca ia se meter em coisa perigosa por seu próprio querer. Nem era capaz de sentir raiva séria de ninguém. Raiva nele não durava nada. Ele até aceitava qualquer abuso dos outros, porque achava tudo aquilo pouco perto da ameaça de queimar no fogo do inferno pra sempre. Pra melhorar a feiura dele eu não podia fazer nada, mas bem que tentei tirar aquele medo horrível que ele tinha de ir pro inferno quando morresse. Fiz de tudo pra ver se tirava essa ideia da cabeça dele, mas não houve jeito. Levei pra conversar com um padre, mas não deu pra Parafuso entender nada do que o padre disse, e eu mesmo também não entendi grande coisa. O padrezinho falava como um livro, a metade das palavras a gente não entendia e ficou com vergonha de perguntar, e a outra metade vinha tão enrolada que também não servia pra instruir ninguém.

"Levei em centro espírita, mas Parafuso não acreditou de jeito nenhum na explicação do médium de que quando morresse não ia pro inferno, só desencarnava por uns tempos e nascia de novo num outro corpo, podia ser até mais bonito. Bom demais pra ser verdade, ele achou.

"Depois fomos na umbanda e quem não entendeu o assunto foi o pai de santo. Disse que não tinha problema porque inferno não existe, a gente paga tudo aqui pela terra mesmo, vai e volta até ficar limpo e bom, e pronto.

Daí eu ainda tentei uma igreja crente que eu ouvia pelo rádio, prometendo resolver qualquer problema, garantindo todo tipo de salvação e melhoria de vida de imediato. Pensei, se não resolver o medo de Parafuso ir pro inferno, pelo menos podia melhorar os negócios da gente. Dizem que dinheiro não traz felicidade, mas, ninguém nega, ajuda bastante pra gente não viver nervoso. Entramos no templo, veio logo o pastor nos atender. Expliquei o caso e ele chamou quatro ajudantes bem parrudos pra junto de nós. Deram a maior atenção ao meu amigo e foram levando o Parafuso lá pra cima do estrado. De repente, o pastor gritou: 'Aleluia, irmãos, aleluia! Aqui está mais um possuído pelo demônio. Mas nós vamos tirar o demônio dele, Jesus vai libertar este nosso irmão endemoninhado! Aleluia!'. Os quatro forçudos agarraram meu pobre amigo e esticaram ele no chão. O pastor começou a gritar, cada vez mais alto, pra cima do Parafuso, 'Sai, demônio, sai do corpo desse irmão, sai, sai, demônio! Aleluia, irmãos. Sai, demônio! Pelos poderes de Jesus, sai demônio! Aleluia, aleluia!'. E o povo todo, enchendo o templo, fazendo coro, 'Aleluia, aleluia!'. Eu não sei explicar como foi isso, o neguinho, tão magro e fraco, conseguiu se soltar dali, pular de cima do estrado, atravessar pelo meio daquela gente toda gritando, orando e querendo agarrar o coitado. Quando dei fé, ele já estava a três quadras dali e continuava a correr, apavorado. Eu só desisti de vez dessa cura depois de gastar meu ganho de um mês inteiro pra levar Parafuso a uma cidade do interior, quando ouvi a notícia de uma missão de frei Damião por lá. Minha mãe sempre diz 'Aquele frade é o santo do Nordeste, o próprio Padre Cícero reencarnado, faz qualquer milagre, até chover no sertão ele faz', só ainda não fez aqui. Mas eu botei a maior fé. Pois comprei as passagens e fomos pra lá de Ribeirão Preto, pro meio dos canaviais. Chegamos lá e ficamos bestas com o prestígio do missionário, era gente demais! Todo mundo querendo ver o frade de perto, tocar no manto dele, querendo entregar na mão dele um envelope com dinheiro pra ver se assim garantia uma graça mais ligeiro. Quase tudo nordestino e pobre como nós. Pensei: dessa vez o caso do meu amigo se resolve. Fui abrindo caminho na frente, que eu sou assim forte. O Parafuso, magrinho, vinha atrás. Conseguimos chegar bem perto do frade, dava pra ouvir pelo menos um pouco da pregação. Não era fácil de entender, porque a fala dele era arrevesada que só! Mas alguma coisa a gente compreendia. E foi por isso mesmo que a cura do Parafuso também dessa vez não deu certo. Se a gente não entendesse nada mesmo, só recebesse a bênção dele, com a fé que a gente ia, Parafuso podia ficar tranquilo e sair dali com a alma aquietada. Mas o diabo foi: as poucas palavras que a gente compreendia martelavam todas no mesmo prego. Frei Damião levantava o braço, apontava pro povo e depois pro chão e gritava: 'Quem for amancebado, vai pro inferno! Quem dorme com rapariga, vai pro inferno! Quem gosta de cachaça, vai pro inferno! Quem passa a noite dançando e brincando, vai pro inferno!'. O que mais se ouvia e melhor se entendia era o 'Vai pro inferno!'. Pois, minha gente, aquilo não prestou não. Parafuso começou a tremer e a suar frio e, eu juro, com tanto medo, de preto que era ficou quase branco como um papel de caderno. Só não saímos correndo dali, na mesma hora, porque o aperto da multidão era muito. Mandei o Parafuso tapar as orelhas, saí empurrando como pude e ele atrás de mim, tremendo. Só consegui acalmar meu amigo com umas três doses de cana. Aí ele parou de tremer, voltou à cor normal e desabou na poltrona do ônibus, dormindo como uma criança até chegar de volta a São Paulo. Depois de tudo isso, só podia acontecer coisa pior. Pouco tempo depois, houve uma ameaça de assalto com tiro e tudo na entrada da favela, bem no domingo de ele visitar a mãe. Não houve ninguém ferido, mas a polícia veio que veio! Mais de trinta homens, pra procurar o culpado. Então o chefe da bandidagem do lugar, que não queria polícia lá dentro de jeito nenhum, só mandou um recado ao Parafuso, que tinha nada a ver com nada: 'Tu vai lá e te entrega pra polícia, diz que atirou no cara por causa de mulher e fecha o bico pra sempre, senão tu morre hoje mesmo'. Você era doido pra desobedecer a uma ordem dessas? Foi desse jeito que o Parafuso foi parar na cadeia. Por que escolheram logo o Parafuso? Ah, primeiro porque o homem implicava com ele, com aquele olho torto, parecia sempre olhando de banda. Segundo, porque o homem sabia que, com aquele medo danado de morrer, era fácil, só ameaçar de matar e ele nunca ia dizer nada pra ninguém. Meu amigo se entregou, preso em flagrante esperando julgamento, apanhou um bocado, calado, balançou a cabeça concordando com todas as acusações, os bandidos da favela arranjaram até testemunha pra jurar ter visto o Parafuso apontando a arma pro sujeito, num bar. O infeliz foi condenado, pegou pena de anos. Por sorte apareceu testemunha também pra jurar ter visto o outro apontar uma faca pra ele primeiro. Todo mês eu ia lá visitar e via que ele não tinha mudado nadinha. Viveu esse tempo todo no meio de bandido e não ficou ruim por isso. E meu amigo era uma flor de bom comportamento, cumpriu o mínimo da pena e ganhou condicional. E deu azar: no dia mesmo da soltura dele, bateu um temporal daqueles de lá e cobriu as ruas de água suja. Eu fui esperar na porta da cadeia pra acompanhar o meu pobre amigo pra casa e vi tudo direitinho sem poder ajudar. Parafuso, louco pra chegar na casa da mãe, cismou de atravessar por um lugar alagado pra cortar caminho, achando que era raso, não tinha o menor perigo. Eu fui dando a volta por outro lado porque estava gripado e não queria me molhar. Parafuso bobeou, caiu na correnteza e não sabia nadar. Como é que podia saber nadar, se ninguém aprende sem se jogar na água e ele tinha medo de morrer afogado? Eu, de longe, vi a desgraça acontecendo, Parafuso se debatendo, as águas puxando o pobre pro remoinho formado por um bueiro destapado, ele já em ponto de desaparecer, quando passou junto dele uma coisa redonda boiando. Ele só fez se agarrar na boia, caçando jeito de se salvar. Mas a boia se debatia também, aquilo tudo se embolou, até um bombeiro chegar perto com um bote e puxar a boia com força. Parafuso, com o tranco, se soltou e desapareceu no remoinho. A boia era a mulher gorda e se salvou. O Parafuso agarrou-se nela e morreu. Isso é verdade. Mas por mais que eu seja amigo dele, não posso dar razão à notícia do jornal, que era um marginal e morreu como herói pra salvar uma desconhecida.

"Não, meu irmão, nem marginal nem herói. Era apenas o Parafuso, o meu melhor amigo. Mas eu me consolo pensando que agora ele não tem mais medo de morrer e ir pro inferno. Se tinha de ir, já foi. Mas Deus é pai. Parafuso era uma alma boa, um amigo de quem quisesse ser amigo dele. Cá no meu coração tenho certeza, mesmo sem ser herói, o meu velho Parafuso já está no céu. Mas eu não tive mais coragem de continuar naquela terra perigosa e voltei pra ficar, lutando, lidando como todo mundo nesta terra, na esperança de um dia ver a vida melhorar aqui mesmo, pra nós, em vez de a gente ir sofrer e correr risco pra melhorar a vida deles lá."

Fiquei mesmo na casa de Fátima, até o dia de Natal, já não mais por necessidade, mas por gosto, ali onde o clima de festa se multiplicava pelas nossas vozes, a dela, a minha e as da criançada repetindo histórias muito velhas, recordadas, de mistura com as novas histórias acabadas de chegar, as cantorias, versos e brincadeiras. Biuzinho e Tião haviam mesmo improvisado arremedos de um zabumba e de um tarol, com um pedaço de tronco oco e a pele de um animal, achados no mato, atados com cordas de agave, juntaram-se com um filho de outra família que fabricara um pífano cuja clave era um mistério, emitindo mais guinchos do que música, e lá se iam os três a fazer raiarem alvoradas a qualquer hora do dia.

Ajudei como pude no barracão das fantasias e cenários, tentei inutilmente organizar os ensaios dos autos de Natal para só depois descobrir: aquilo não era ensaio mas apenas antecipação da festa maior sem desperdício de nem um minuto de gozo e alegria. Aprendi as canções, os enredos e os versos dos folguedos. Fui com os homens juntar galhos, forquilhas, palha e armar, a um lado do altar da igrejinha, a palhoça para a lapinha, capaz de cobrir anjo, Maria, José, o Menino, mais um jumentinho e uma novilha, todos pequenos mas vivos, que ali ninguém podia ter o luxo de estátuas de presépio de gesso.

Tudo aquilo, além de tornar-me cada vez mais uma legítima filha do povo de Olho d'Água, mantinha-me afastada de casa, da minha caixinha de amuletos, de meus fantasmas, saudades e inquietações. Voltei a sentir o coração de novo aparentemente em paz e movido só pelo presente tão concreto e o futuro tão imaginário que me tinham trazido até ali. Arrematavam-se os dias com um sono sem sobressaltos, embalado pelo ressonar dos meninos nas redes vizinhas à minha.

Como toda a gente, na Noite Santa, cantei, aplaudi, ri e gritei com a disputa entre as pastorinhas do cordão azul e do cordão encarnado, com as evoluções da Diana, da Mestra e da Contramestra a conduzi-las, com as intervenções da Cigana, da Borboleta e as pilhérias de duplo sentido do Velho, personagens a tentar as pastoras para distraí-las e desviá-las do caminho de Belém, indo e vindo no amplo espaço aberto à frente da capela, até a hora de, finda a brincadeira, entrarmos todos, solenes, quase compungidos, para assistir e comover-nos com a lapinha.

O tremular das chamas fazia dançarem e se redobrarem as sombras dos adolescentes e crianças que compunham o quadro vivo do presépio, o cortejo de anjos, pastores conduzindo cabritinhos brancos e uma que outra ovelha magra e sedenta cuja lã parecia roída pelas traças, os Reis Magos puxando seus jegues pelo meio da nave central. Naquela noite, como nos pátios do templo de Salomão, era permitido a todo vivente um lugar no espaço santo, permitido cantar, chorar, balir, mugir e zurrar sob os arcos sagrados, e nenhum deles se privava de lançar suas vozes. Eu, então, também me permiti deixar correr pela cara todas as minhas lágrimas, havia tanto tempo contidas, sem nem pensar em identificar suas fontes. Em lágrimas acompanhei todos os cantos e as falas metrificadas e rimadas que compunham o auto. Em lágrimas, ao fim da celebração, voltei para a casa de Fátima, ela nada perguntou, apenas passou-me o braço pelos ombros, qual asa protetora, ajudou-me, como aos filhos mortos de sono, a despir-me, a lavar o rosto e os pés e acomodar-me na rede.

Adormeci, como os meninos dela, com o leve balanço da minha rede que Fátima havia também atado à ponta da corda, passada tão engenhosamente de punho em punho para embalar o sono de suas crias, transmitindo de uma rede a outra o impulso do pé dela tocando a parede, até que o sono a vencesse, sempre a última a adormecer e a primeira a despertar.

A lembrança da rede balançada pela corda de Fátima decerto me fez dormir mesmo nesta poltrona incômoda, contra meu propósito de permanecer desperta, porque agora, com o cessar do embalo do ônibus, acordo assustada. Estamos de novo parados, desta vez, porém, à entrada de uma cidadezinha, e não se trata de mais um passageiro a embarcar, mas sim de alguém chegando de volta. Luzes do ônibus acesas para que ele ache e organize todas as suas enormes sacolas, a alegria que não se quer calar, acordando toda a gente para incluí-la no acontecimento: "Cheguei, minha gente, sigam sua viagem com Deus no coração que eu fico aqui, nessa minha terra que nunca esqueci, agora eu fico até ser enterrado no mesmo canto onde foi enterrado meu umbigo, como deve de ser! Sofri muito, mas juntei o pouco que preciso pra abrir um negociozinho aqui mesmo, pra me sustentar até o fim. Agora o tempo é outro, o povo compra de tudo. Eu fico, e minha mãe não vai mais chorar de saudade!". E repete mais ou menos as mesmas frases quase como uma reza, uma ladainha, e ninguém reclama, todos se inclinando de boa vontade para que ele passe com seus pacotes por cima das cabeças, aplaudindo, apoiando-o com interjeições de quem sabe do que ele está falando.

"Agora o tempo é outro", repito também eu, lá dentro, a alegria do homem que volta enfim à sua terra-mãe contaminando minha nostalgia e reavivando as esperanças que me embarcaram neste ônibus. Sim, agora o tempo é outro, cheio de novos riscos, é certo, mas talvez bem mais propício à vida.

3

nada mais belo
que pensamento
sem rumo
levando sempre
ao mesmo olhar
nunca visto

LAU SIQUEIRA

Tenta. Fracassa. Não importa. Tenta outra
vez. Fracassa de novo. Fracassa melhor.

SAMUEL BECKETT

"Agora o tempo é outro." Quarenta anos atrás, porém, era escassa a esperança e custava enorme cansaço, senão mantê-la, pelo menos manter-se à tona do desespero.

Naquele ano, contra minhas expectativas e os anúncios desejosos dos meninos, não houve reisado para prolongar um pouco mais o clima de festa. Os brincantes, que costumavam vir de longe cada ano pela festa de Reis, passando de povoado em povoado, esse ano, soube-se, não vinham, pois o velho mestre estava muito doente.

Findo o tempo das festas, embora ainda por uns três dias restassem nos lábios e olhos algum traço de sorrisos brotados dos folguedos, a vida voltou depressa à incessante luta contra o caos material: dormir para realimentar o sonho do amanhã e aproveitar o escuro da noite para poupar combustível e forças, evitar que o corpo esmorecesse de vez; acarretar toda água possível para garantir um mínimo de umidade, não fossem todos os viventes ressecar-se e reduzir-se a pó antes da hora; colher, contar, moer, pilar, cozer e servir o que houvesse de alimento e trabalhar, trabalhar, trabalhar para que não se desbaratasse todo o resto.

Para eles, quase todos, a bem dizer inexperientes de outra vida, a volta ao correr dos dias sempre iguais parecia fazer-se sem dificuldade. Para mim, porém, passada a excitação das descobertas daquele mundo estranho, certamente ainda guardador de imensos segredos, invisíveis e não ditos, impossíveis de desvendar para uma forasteira, inaugurava-se um tempo de vazio.

O vereador não dava sinal de vida. O trabalho que me tinha sido oferecido era de manter uma turma do Mobral. Até então, porém, nem contrato, nem material ou local de trabalho e, pior, nem a modestíssima ajuda de custo prometida. O pretexto para minha presença naquele lugar começava a perder consistência, o que não parecia ser um problema para o povo, eu já parte deles, quase natural. Mas havia o Dono, seus prepostos e sabe Deus quem mais por trás deles, a indagar, talvez, quem era e o que viera ali fazer aquela mulher assim tão diferente e solta no mundo.

Eu tinha de trabalhar para viver, como os outros. O corpo refeito pelas semanas de descanso e alegria, meus dias voltaram à rotina já aprendida, as tarefas estafantes e repetitivas, mas agora sem o desafio do novo, minha musculatura e meu estômago adaptados às exigências sertanejas. Os gestos do cotidiano sucediam-se mecanicamente e minha cabeça, livre do mundo externo, detinha-se nas fantasias e medos crescendo e revirando-se dentro de mim. Nem o gosto de esperar pelo aboio dos vaqueiros conservava mais o dom de me fascinar como no início. Várias tardes, em vez de sentar-me ao ar livre e aguardar o pôr do sol e o canto, simplesmente largava-me na rede a ruminar angústias. Mesmo nos serões cheios de histórias, antes tão sedutoras, distraía-me com meus dilemas impossíveis de partilhar com alguém dali.

Por mais que buscasse, não encontrava outro caminho digno e honesto para os companheiros, conhecidos ou desconhecidos, com quem me tinha comprometido. Devia desenrolar-me sozinha, incomunicável pelo tempo que fosse necessário, para não despertar suspeitas, até criar as condições para a vinda dos outros. Assim tinha sido planejado, e eu, corajosa ou insensatamente, havia aceitado a missão. Depois de meu longo périplo, praticamente sozinha, por três continentes, acreditava-me pronta para tudo. Saberia, sim, abrir uma frente de inserção, preparar pacientemente a vinda dos demais para fermentar, por longo tempo, a consciência, a organização, a longa luta, verdadeiramente popular, de baixo para cima, alastrando-se pouco a pouco por todo o país e o continente, contra todas as formas de opressão. Os que acreditaram nas armas como estopim para que o povo se levantasse e se libertasse iam sendo dolorosamente dizimados. Aqui não havia uma Sierra Maestra povoada por camponeses, isto não era uma pequena e estreita ilha de pouco mais de mil e duzentos quilômetros de comprimento e uns poucos milhões de habitantes. O caminho, que queríamos democrático, seria muito mais longo e diferente, nosso papel, mergulhar "no seio do povo", tornar-nos como "peixes dentro d'água", nas margens, nas fábricas, no campo, nas palafitas, nas serras, desaparecer como o "fermento na massa", manter e tornar libertadora a fé até então manipulada e distorcida para transferir a outra vida qualquer esperança, recompensa para quem aceitasse as dores deste mundo.

Éramos muitos, decididos a assumir esse caminho, mas onde estariam os outros? Vivos? Desaparecidos, desanimados, apanhados pelos olhos perscrutadores da ditadura, torturados, resistindo ou não? Naqueles anos, para nós, a invisibilidade e a incomunicabilidade eram condições essenciais para o êxito. Não havia atalho para cortar caminho, e toda a nossa pretensa ciência, expressa em linguagem alheia, não encontrava canal de comunicação nem convenceria os pobres e oprimidos, cuja experiência de um mundo duramente concreto contradizia qualquer ideário abstrato, importado de fora para dentro e de cima para baixo. Havia que aprender tudo para poder ensinar. Não havia fórmula já testada nem manual a seguir. Inventar fazendo, era o jeito.

Sobre tudo isso eu argumentava comigo mesma, e me dava razão, mas a angústia não se ia embora e não via quem me pudesse ajudar, senão Nossa Senhora do Ó. Fui pedir um terço emprestado a dona Altina. Olhou-me suspeitosa até que lhe confidenciei haver perdido o meu na véspera e acabou por dar-me um terço velho, desfalcado da cruz. Desfiar as contas acalmava-me por um tempo, mas não resolvia meu dilema. Até quando seria prudente esperar? Onde buscar ajuda?

Escamoteados na minha bagagem, apenas um livrinho, impresso em espanhol após duas páginas em belos e indecifráveis caracteres chineses, vindo do outro lado da bola do mundo, meio palmo de comprimento em papel-bíblia, cuja capa fora prudentemente metamorfoseada de vermelha em azul, e um exemplar, nas mesmas dimensões, da edição francesa de bolso da Bíblia de Jerusalém, mantida a capa cor de vinho. Só esses objetos já bastariam para condenar-me, se vistos por olhos indevidos, e por isso ficavam escondidos, junto com o pequeno rádio de pilhas, num fundo falso da mochila, sob uma camada de roupas e outros objetos inocentes, que eu mantinha embolados dentro dela. O livrinho azul servia-me mais como amuleto e lembrança de que não estava louca nem só, havia outros como eu, inspirados naqueles textos do Grande Timoneiro de outro mundo e numa lenda otimista, embora muito pouco me servissem de guia. A Bíblia por vezes consolava-me a alma e realimentava-me o ânimo, em luta contra o vazio que parecia vencer sempre. As ondas curtas do radinho, enquanto duraram as pilhas, por entre chiados e uma algaravia poliglota de vozes cruzadas, às vezes anunciando em bom português "Aqui Rádio Tirana, da Albânia", também apenas mitigavam a solidão de bicho perdido em terra estranha à sua espécie e dava-me fragmentos de notícias perfeitamente inúteis ali no meu fim de mundo sem saída à vista. Era preciso crer e perdurar, mas, para mim, naquele janeiro, isso se tornava cada dia mais difícil.

Nos intervalos do trabalho das redes, tentava distrair-me perambulando pelas casas do povoado, xeretando a vida alheia, e pela caatinga próxima, observando plantas, pedras, algum animal sobrevivente e tentando desenhá-los. Mas pouco durava minha disposição ao esforço e à tentativa de encantar-me ainda com o que via e ouvia. Um sentimento de desistência me empurrava de volta para minha casinha, meu baú e a caixinha cheia de meus talismãs.

Encolhia-me na rede e ia retirando dela, um a um, os objetos a me arrastarem para longe dali, revivendo e ampliando fatos quase etéreos na sua origem, tentando atribuir-lhes concretude e verdade. Fechava os olhos, partindo assim para qualquer lugar, conduzida pelo tato. Minha mão apalpava o conteúdo da caixa, apanhando ao acaso um objeto e transportando-me para alguma cena que eu revivia com a imaginação e com outro corpo a mover-se livremente.

Por vezes, minha mão áspera e suada sentia a lã do *ojo de Dios* mexicano, trançada na forma de um losango, as duas varetas em cruz que a sustentavam e a borla pendente de um dos ângulos, adivinhando-lhe as cores. A mão imaginária, porém, fria e hesitante, a recebia de outra mão bem maior e quente, mais tateada do que vista, os olhos presos à mirada de novo reconhecida, ali, no mercado de Tijuana, depois de dias de busca desde que a tinha vislumbrado, um pouco adiante de mim, na fila junto ao portão da fronteira internacional entre a Califórnia e o México. As imagens nítidas na minha memória reproduziam o guarda da fronteira revirando as páginas de um passaporte, uma e outra vez, com expressão nada amigável, olhando alternadamente a fotografia e a cara do portador. O viajante tentava aparentar calma, evitava encarar o policial e foi assim que seu olhar veio ao encontro do meu e me golpeou, voltando de longe no tempo no espaço, de Copacabana, de São Paulo, de Paris, da Argélia... Tão forte o impacto da mirada que ocultou o conjunto do rosto. Então ouvi: *"Borges? Es usted? Borges, brasileño?"*. Ele virou-se para o guarda, sorriu, "Claro! Como está escrito aí", recebeu finalmente de volta o documento, inesperado sorriso, o inevitável "Brasil de Pelé!" e um tapa nas costas impulsionando-o para o outro lado, mas ainda pude perceber que, antes de sumir por trás do posto de fronteira, ele se voltou querendo ver-me de novo, eu tinha certeza!

Por três dias, andei à toa por Tijuana, buscando, sem ver nem ouvir nada que indicasse presença de brasileiros. Já convencida de que, mais uma vez, delirava e nem sequer tinha um pequeno penhor assegurando a realidade do encontro, esforcei-me por esquecê-lo explorando mais metodicamente a cidade, sua variedade de cores, odores e sabores, seu povo ao mesmo tempo familiar e estranho para mim. Parava numa e noutra banca do mercado de artesanato para turistas, examinando os objetos à venda e perguntando preços, no meu sofrível portunhol, antes de decidir que tipo de lembrança minha pobreza me permitiria adquirir, quando alguém me tocou o ombro e me disse ao ouvido "Não compre nada aqui, os preços e o mau gosto são feitos especialmente pros gringos que vêm passear pra cá da fronteira. Vá lá no verdadeiro mercado dos mexicanos". Antes de me espantar por ouvir a frase em português bem brasileiro, virei-me e dei com uma mulher morena e magra, rosto vagamente conhecido, mas, quando me dispunha a responder, perguntar alguma coisa ou agradecer o conselho, vi, por cima do ombro dela, pouco mais atrás, os olhos em vão procurados por três dias. Eles me fixavam também e fiquei absorta neles por um tempo impossível de medir, como outras vezes me acontecera. Mais um toque da brasileira no meu ombro e um "Aproveite bem do México!" me trouxeram de volta à terra. Ele não se moveu, hesitante, sem tirar os olhos de mim. Um homem, vestido numa *guayabera* azul, chamava: "*Vámonos, Miguel, el avión de Cubana sale en menos de dos horas*". Miguel? Sim, ele, agora Miguel, acenou enquanto tirava do bolso um punhado de notas amassadas e moedinhas, largou-as sobre a banca da comerciante, mirando-me sempre, colheu o menor dos *ojos de Dios* ali expostos e o estendeu para mim, já se virando e partindo. Para Cuba. E depois? De volta para morrer jovem e herói? Ou mutilado e anônimo? Cada vez que tomava na mão aquele objeto místico, eu viajava para o México atrás de outros olhos, e só voltava à minha rede quando a grande caminhonete, levando-o, desaparecia na penumbra da sonolência.

Acordava sobressaltada, sem saber onde estava nem que hora era aquela, reconhecia aos poucos meu quarto, sentia o volume da caixinha num canto da rede, lembrava o devaneio que me tinha prostrado, tentava reagir àquela espécie de inércia nostálgica e arrastava-me para o trabalho, se o relógio de sol do vaqueiro Arquimedes indicasse hora de trabalhar, ou saía de casa a esmo, para escapar dos meus fantasmas, tocar a realidade presente e ancorar-me de novo a ela. O encantamento com as descobertas e a peculiar beleza daquela gente, de seu trabalho, sua linguagem, seus saberes, seus cantos, que me tinha dominado nos primeiros meses, porém, desgastava-se pela rotina e então, mais acostumada eu com eles e eles comigo, aqui e ali descobria que nem tudo era duro mas belo. Havia tanto de apenas duro, tão duro que me parecia impossível de romper!

Certa madrugada, ainda no escuro, acordei com vozes em murmúrios e um grito de criança, ou seria um berro de borrego? Pensei primeiro que fosse um bicho.

Na única casinha perto o suficiente para eu ouvir tão claramente o que se passava lá dentro, de parede-meia com a minha, mas onde eu nunca tinha sido convidada a entrar, só morava um casal de velhos. Ele, definhando numa rede, já nada dizia, nem parecia mais morar naquele corpo, que só nos olhos muito fundos, por vezes, dava um tênue sinal de vida como um fugidio reflexo de céu no pouco de água restante em fundo de poço quase seco. Ela tampouco dizia nada ou quase nada porque seu fôlego mal dava para carregar o mínimo de água necessário para cuidar dele e de si e, em troca do alimento e da água que lhe davam, ainda segurar as pontas das varandas para as outras trançarem e manter sua dignidade de mulher trabalhadeira. Muitas vezes corri para ajudar com o pote quando a via, encurvada, capengando, quase caindo. Outras vezes, nunca mais de uma vez ao dia, calhava-me vê-la, cambaleando pelo caminho, na difícil tarefa de equilibrar numa das mãos um pratinho envolto em um pano que quase nada parecia conter, na outra, uma canequinha de folha de flandres tapada por um pires de cerâmica grosseira. Eu tentava ajudar livrando-a da caneca, ajeitando a tampa, notando-a cheia de leite apenas até a metade. Ela só me agradecia com um olhar doce e lacrimoso, de baixo para cima, um leve afago da mão descarnada no meu braço, e eu segurava as lágrimas para não desperdiçar água. Eu me perguntava se era daquilo que sobreviviam os dois, e me parecia nada para sustentar apenas o velhinho doente, imaginava que ela mesma talvez sobrevivesse apenas por alguma milagrosa forma de fotossíntese.

Ali não podia haver menino nenhum, pensei. Continuando a ouvir sussurros e gemidos, porém, concluí que devia ter ouvido, sim, o berro apavorado de alguém chegando de chofre a um mundo tão hostil.

Corri para a casa vizinha, empurrei a banda superior da porta, como sempre destravada, espiei e percebi, projetada na parede pela fraca luz de uma só candeia, a sombra da velhinha movendo-se, debruçada sobre uma rede. Pensei que o velho se ia embora e eu tinha confundido seus estertores com um choro de criança. Não hesitei mais, abri os ferrolhos da banda inferior da porta, entrei, chamei "Dona Amélia", já correndo para o compartimento sem porta nem cortina que lhes servia de quarto. Não havia apenas duas redes, mas três, numa delas vi o homem imóvel, alheio a tudo, e a mulher curvada sobre outra rede que se movia, balançava.

A velha me olhou de relance e pediu "Mais água, minha filha, me arranje mais água". Aproximei-me mais um pouco e vi na rede uma mulher jovem, quase uma menina, a retorcer-se como em dores, e a criança recém-nascida numa das mãos ensanguentadas de dona Amélia. Ela molhou o dedo num recipiente pousado num de dois tamboretes, junto a uma faca e uma meadazinha de fio, dispostos sobre retalhos de pano muito limpos. O dedo lambuzado do precioso óleo de mamona, reconheci pelo cheiro, passou-o por dentro da boca da criança a limpar as secreções ali acumuladas, sentou-se no segundo tamborete, deitou o menino sobre suas coxas magras, a saia e o avental ensopados de sangue e muco, atou firmemente o fio junto ao pé do cordão umbilical, mediu cerca de cinco dedos e fez nova ligadura. Pegou da faca e cortou-o a quatro dedos do ventre do menino, limpou o corte com um pano alvo, passou-lhe rapidamente a chama da candeia na ponta cortada, provocando novo berro, tirou um maço de ervas de um saquinho pendente da parede ali junto, molhou-as no óleo de mamona e curou o umbigo, protegendo-o em seguida com um envoltório de mais ervas e um chumaço de trapos limpos.

O resto do cordão, de ponta atada, pendia ainda do ventre da mãe. A avó então mergulhou o bebê numa bacia com água e ramos de arruda, posta no chão, junto à parede. Eu, boquiaberta, mais adivinhava do que via seus movimentos na penumbra, admirada da surpreendente agilidade e coragem da velhinha tão frágil, sem hesitações, com gestos seguros de antiquíssimo saber, crendo que ela se tinha esquecido da minha presença. Então, sem me olhar, ela disse de novo "Água morna e mais uma bacia, vá, menina". Eu, inexperiente e tonta, custei uns segundos para entender que era a mim que pedia, nada nem ninguém mais havia na casa dela, voltei correndo à minha, deixando a porta escancarada. Abri a janelinha da cozinha, para o nascente, e à luz alaranjada do amanhecer reavivei com um abano de palha as brasas sob a cinza do meu fogãozinho, amornei um pouco a água que me restava, despejei no meu balde com cuidado para não desperdiçar nem um gota, agarrei-o e a minha única bacia, voltei correndo para lá.

Com espanto, medo e o sentimento de estar presenciando um milagre, vi e tentei ajudar como pude dona Amélia a cuidar do menino e da mãe. Despejei a água morna na bacia limpa e esperei. O menino já estava enrolado em panos, deitado na terceira rede. A velha cuidava agora da outra mulher atravessada transversalmente na rede baixa, com os pés apoiados no chão de terra batida e as coxas abertas no ar. A beira da rede, onde se apoiava a pelve da parturiente, tinha sido forrada com panos limpos que logo se tornavam rubros. Postada de cócoras por trás dela, apoiando-lhe a cabeça na própria barriga magra, a velha massageava-lhe o ventre untado com mais óleo, "pra fazer sair logo a placenta e o resto, que se apodrecer na matriz é morte certa! Jogue no terreiro a água usada e segure a bacia aqui junto, entre as pernas dela". Eu já me dirigia à porta de entrada para despejar a água do banho do menino, mas ela gritou "Pela porta da frente não, pela de trás". Obedeci, voltei e sustive a bacia vazia sob a beira da rede, fazendo das tripas coração e obrigando-me a olhar tudo e aprender. A duras penas eu aprendia a dor de nascer e de dar à luz uma vida naquele deserto.

Não era o primeiro parto a que eu assistia, mas quanta diferença entre este e o outro, presenciado numa aldeia, nas montanhas da Cabília argelina. Na minha temporada de coringa, substituta eventual de freiras educadoras e enfermeiras na Argélia, aceitei um chamado para ajudar num ambulatório de saúde mantido por uma pequena comunidade de freiras francesas, desfalcadas pela doença e consequente partida de uma delas à França. No meio de uma noite, fui despertada a pedido da irmã Marie, para ajudá-la com um parto urgente. Ao entrar na sala do ambulatório ainda meio adormecida, acabo de acordar com a luz forte de uma lâmpada elétrica suspensa sobre a mesa especial para partos. Tudo muito bem-arranjado e limpíssimo, e lá já estava acomodada a parturiente, com os joelhos elevados sobre os suportes mantendo-lhe as pernas bem abertas, o marido solenemente postado à cabeceira, e a irmã parteira já massageando-lhe o ventre com puro óleo de oliva. A única estranheza, a destoar do ambiente simples mas asséptico, eram os trajes da mulher, suas muitas saias superpostas e levantadas que exalavam um odor suspeito e, depois soube, as irmãs não conseguiam fazer com que as despissem e vestissem uma bata limpa para o parto. Era uma impossibilidade étnica, digamos, para elas e seus homens. Um pouco afastada, outra mesa, de metal reluzente, continha os apetrechos e materiais que a parteira necessitaria, e minha função era apenas de pegar ali e dar-lhe o que me pedia em francês, interrompendo por segundos uma cantilena calmante em língua berbere dirigida incessantemente à paciente, e recebê-los de volta quando já não eram mais necessários. Apesar de minha total ignorância prática, tudo o que via correspondia aos meus poucos conhecimentos teóricos e não me assustava. Sentia-me segura obedecendo às ordens da parteira, que exalava competência e calma. De fato, mais me emocionava aquela primeira experiência de presenciar um nascimento, em ambiente tão estranho para mim. O susto só chegou quase ao fim do processo, quando ela me estendeu uma bacia contendo a placenta e os outros restos e me disse "Livre-se disto", fazendo um vago gesto em direção à única janela do cômodo, na parede oposta à porta. "Onde, como?", perguntei, "Lance pela janela, é simples" foi a espantosa resposta recebida. "Mas como? Quem limpará isso?", eu escandalizada com tal absurdo depois de tantos cuidados assépticos que tinha acompanhado. "Jogue simplesmente para fora da janela." Obedeci e aproximei-me da abertura sobre um abismo na escuridão. Hesitei ainda, enojada com o que me parecia escandalosa falta de higiene, mas a parteira olhou-me por cima do ombro e, com um gesto brusco da cabeça e um "*vas-y!*" impaciente, obrigou-me a obedecer. Lancei tudo pela janela, larguei a bacia no chão e corri até o lavatório para vomitar, envergonhada.

Não pude voltar logo à sala de parto, caí sentada num banco na salinha de espera do ambulatório, tentando refazer-me, até que a irmã Marie me chamou. Criei coragem e fui. A mulher, seu marido e a cria já estavam acomodados em outra sala. Então a parteira pegou-me pela mão, colheu uma lanterna de pilhas, levou-me até a janela, "Venha ver quem faz a mais perfeita limpeza", nos debruçamos e ela iluminou a escarpa iniciada por uma extensa laje de pedra nua, alcantilada. Então eu as vi, um bando de hienas a devorar velozmente tudo o que ali jazia de matéria humana e a lamber até a última gota de sangue, sem se importar conosco nem com o facho de luz, até que a pedra estivesse limpa como surgiu das profundezas da terra. Terminado o banquete, as feras desapareceram na vegetação que brotava mais abaixo. "Como vê, há assepsias bem mais antigas e eficazes do que as nossas."

Em Olho d'Água, porém, não havia nem encosta escarpada nem hienas. Quando a bacia encheu-se de um jorro de mais sangue, muco e a placenta com o resto do cordão, perguntei o que fazer com aquilo. "Pegue a enxada atrás da porta da cozinha, faça uma cova de mais de um palmo de fundo para enterrar tudo de jeito que bicho nenhum ache e não venha depois, cheirando o rastro, até encontrar e comer o menino também." Deixei a bacia sobre um tamborete e, enquanto a velha acabava de banhar e curar a mãe, obedeci. Aberta a cova, voltei para pegar a bacia, enterrei, cobri tudo com terra e sapateei por cima até compactar e alisar a terra. Não, nenhum bicho acharia o menino para devorá-lo! A avó já terminara de lavar a mãe parida e a estava acomodando em panos forrados de ervas. Olhou então o menino e disse "Está fraquinho". Voltou-se para mim e me dirigiu uma espantosa pergunta: "Você é donzela?" Custei a compreender que me perguntava se eu era virgem, e, antes da minha resposta, pôs-me o menino nos braços, mandou-me deitar com ele na rede, "Abrace bem o bruguelo que calor de donzela dá força a recém-nascido". Mais uma vez, obedeci e acabei adormecendo com a criança sobre o peito.

Acordei com o sol já alto, o menino de novo nos braços da avó, a mãe e o velho adormecidos nas outras redes. Saltei logo de pé e ajudei a velha a deitar-se nela. Saí sem dizer nada, voltei à minha casa, lavei-me e vesti-me às pressas, corri até encontrar outra mulher, narrei o acontecido, quase sem respirar. "Sossegue, moça, que nasce menino quase todo dia, a gente vai acudir." Desabei na beira da calçadinha de uma casa, recompus-me como pude e quis ser firme como todos ali, então retomei, ainda em jejum, o meu lugar junto a uma banheira de tingir fios. Não sei como, aguentei até a hora de almoçar em casa de Fátima, deitei-me por terra sobre uma esteira e, antes de adormecer, soube que estava resolvido meu dilema: eu tinha de ficar ali mesmo.

Tenho a impressão de que alguém repete minha frase ainda soando na memória: "Eu vou ficar aqui mesmo!". O movimento e o ruído do ônibus freando acaba de me trazer ao presente. Mais um que desce, chegando de volta à sua terra, pelo jeito também com a intenção de permanecer para sempre. A busca pelos seus inúmeros pacotes nos bagageiros sob o carro, o movimento à beira da estrada, os diálogos pela janela com os antigos ou novos conhecidos que seguem adiante, retardam a partida. Por mim, ficaremos aqui mesmo ainda por muito tempo para eu continuar a reviver meu primeiro sertão, não quero vê-lo desaparecer agora, sabe Deus por quanto tempo ou para sempre. Finalmente, entre muitos gestos de adeus, o carro retoma sua marcha, agora lenta e ondulante pelas depressões e calombos dos desvios da estrada em obras, e volto a rememorar a comovente história de Maria do Socorro.

Nos dias seguintes ao parto, como se fosse natural para mim e para elas, passei a dedicar os fins de tarde, após o trabalho, aos cuidados com o bebê e com Maria do Socorro, a quem era preciso estar atenta nesses primeiros dias de resguardo, porque ela, como bichinho do mato, calada e arisca, nunca se queixaria, e o menino ainda não estava livre de um misterioso mal de sete dias.

Um laço especial parecia ligar-me à jovem mãe, também forasteira; por ter sido sua parteira auxiliar eu me tornava sua "comadre". Ela já estava ali havia meses e eu nunca lhe tinha notado a presença. Jamais saía da casa, permanecendo recolhida, silenciosa, a vigiar e atender o velho e sentir a barriga crescendo, enquanto a velha mantinha sua rotina, certamente mais custosa ainda, com mais uma boca a alimentar.

Cheguei a pensar que Maria do Socorro fosse muda, até que, finalmente, criou confiança, se fortaleceu um pouco e a encontrei, uma tarde, levantada da rede e sentada num cepo à porta da casa, com o menino nos braços. Perguntei como se sentia, quem era ela, de onde vinha, e ela começou a contar o que cabia em seu curto vocabulário. O resto eu já podia imaginar. Não, não era filha dos velhos. Era a mulher que o filho deles havia ido buscar num povoado ainda mais pobre e metido no fundo do deserto. Cícero, o marido, único dos irmãos a não se ir embora para nunca mais, não tinha parada, parecia ter uma coisa estranha na cabeça ou nos pés a fazê-lo andar de um lado para outro buscando algo que nem ele sabia o que era. Sumia sem avisar para onde e de repente voltava a Olho d'Água, nunca ia tão longe, só andava a pé. Encontrava trabalho em outro canto, ia ficando por lá até lhe dar de novo aquela mania andarilha, então aparecia em casa, pouco mais que o tempo de tomar a bênção dos velhos, antes de meter-se de novo a perambular pelo mundo. Até que encontrou, num alto de serra, um pedacinho de terra verde mesmo no verão, à sombra de um amontoado de rochas. Fez ali uma palhoça, semeou uma rocinha, sentiu-se só para tanto espaço, foi buscar num arruado perdido num fim de mundo a menina Socorro, de quem se agradara, e ela veio com ele sem resistência e nem razáo. Uma vez estabelecido com roça, casa e mulher, porém, veio-lhe mais uma vez o desassossego, sumindo de novo caatinga adentro, voltando e partindo de repente, Maria do Socorro sozinha, esperando como sempre tinha estado nesta vida. Vivia de um prato mínimo de um ovo, quando havia, feijáo e jerimum de um mínimo roçado, poucos metros quadrados, o que se podia regar com o fiozinho de água que minava, por baixo do amontoado de rochas, para a centésima cacimbinha cavada por ele, finalmente com algum sucesso, antes de recomeçar suas andanças. Maria do Socorro ficava, ele cada vez dizia que agora estava com esperança e voltava logo. Nenhuma notícia lhe chegava dele, como todos ali, dependente apenas de seus próprios pés para transpor distâncias e dar sinais de vida.

Ela ficava, ela mais uns tantos pés de feijáo-de--corda enramados na cerquinha e três pés de andu safrejando por artes da cacimba fiel, sempre oferecendo algo, cada madrugada, em sua taça rasa, o que restava de esperança para a mulher e as três galinhas poedeiras. Táo pouco restou que o próprio tempo minguava, sem nenhuma mudança que tornasse perceptível sua passagem. Para Maria do Socorro, havia muito, o tempo se resumia a apenas alguns momentos esparsos: a fuga para casar-se, a morte de uma menina ainda sem nome que ela havia parido sozinha, cada partida e cada visita repentina e passageira de Cícero a caminho de outros cantos onde cavar uma vida. Nunca deixava de semear no ventre dela, por rápida que fosse a estaçáo de plantio, mas a água da cacimbinha decerto era pouca para que mais esse roçado vingasse. Entre um momento e outro, o presente vazio, um agora infinito, sempre igual, cor de terra queimada. Daquela vez ele parecia estar demorando muito mais do que o costume. Já quase nada eram, então, o tempo nem a vida. O vaqueiro Isaías passou por lá, viu a mulher sozinha, o roçadinho quase seco, e veio dizer, cá embaixo, em Olho d'Água.

O tempo voltou a correr quando a sogra chegou e disse "Você vai-se embora comigo, pra onde tem gente, nem se sabe se ele um dia volta, uma mulher sem marido nem filho não pode ser, assim desamparada no meio do mato. Você vai-se embora comigo antes que venha a chuva e derribe os barrancos no caminho". Maria do Socorro nada disse, não se negou, deixou que a sogra enrolasse o nada que possuía na rede velha, uma trouxa minúscula, enquanto ela permanecia quieta, o ventre seco apoiado na beirada da janela, olhando o chão duro e rachado. De repente, ela sentiu, espantada, um cheiro como de terra molhada, embora não ouvisse nenhum murmúrio de chuva no telhado, mas estavam, sim, úmidos os olhos e alguma coisa mexendo-se bem no centro dela. Então lembrou-se. Algum tempo antes, ele tinha passado, uma noite, para uma rápida visita.

Por duas ou três semanas os vizinhos preencheram meu vazio. Até o umbigo do menino cair, Socorro fortaleceu-se com os dons de outras mulheres para reforçar-lhe a dieta. "Pobrezinha! Ela precisa." O menino escapou do mal de sete dias, o leite jorrava milagrosamente do peito da mãe e ela já não tinha mais nada a me contar nem eu desculpa para me meter ali.

Meu desassossego encontrou espaço para crescer de novo. Eu trabalhava cada dia, brutalmente, tentando amortecer com cansaço minha angústia, embora meus olhos e ouvidos com frequência perscrutassem os arredores buscando avidamente sinais do vaqueiro encantado. Os outros mal me olhavam, como sempre, silenciosos. Fátima, sim, me observava, multiplicava gestos de solidariedade, mas nada perguntava, nem durante as refeições partilhadas na casa dela, senão através de seus filhos que, quando eu desaparecia, mandava me trazerem algum pratinho e saberem se estava tudo bem. Abandonei de vez os serões de contar histórias e estrelas. De novo eu soçobrava na insegurança e no tédio, desabando na rede logo que escurecia, ou o dia inteiro no vazio dos domingos, procurando alívio na fantasia.

Abria minha caixa de lembranças, agarrava a mão de Fatma ali guardada e viajava para o Saara. Não tardava a encontrar o olhar desejado, entrevisto ao desembarcar no aeroporto de Argel, tão rapidamente que muitas vezes quis duvidar do fato, não fosse o nome que me ficou gravado, Michel, como o chamaram do grupo com o qual se juntou e percebi logo serem brasileiros. Reconheci, imediatamente, o líder lá exilado, eu sabia, e com quem não queria nenhum contato para, protegida pela minha insignificância, escapar aos olhos da repressão espalhados pelas embaixadas e consulados que, decerto, o vigiavam e a todos os seus seguidores. Virei as costas, fugi para encontrar as freiras à minha espera junto à porta principal, e o interesse pelo povo e a terra desconhecidos logo o varreram da minha cabeça. Não pensei mais naquilo até três meses depois, quando, já no oásis de Ghardaïa, ajudando as crianças da grande casa de Monsieur Aoum a recolher água do poço para dar de beber a suas ovelhinhas de estimação, aproximou-se um grupo de tuaregues trazendo seus cavalos pelas rédeas. Observava-os, curiosa, e então vi, brilhando no rosto moreno quase todo encoberto pelo albornoz azul, o par de olhos que me perseguia em sonhos. Paralisada, deixei cair ao chão o balde quase cheio, desperdiçando a preciosa água e fazendo as crianças gritarem e rirem. Puxavam-me pela mão, *"Allons, allons, Marie, ça ne fait rien, ça suffit"*. O cavaleiro descobriu o rosto, curvou-se, apanhou e me devolveu o balde vazio enquanto arrancava de um cordão em volta do pescoço e me oferecia a mão de Fatma. Os companheiros dele pareciam gracejar, rindo à sua volta e repetindo o nome de Said, que continuava a me olhar, sério, até a força das crianças arrastar-me com elas.

Janeiro chegava ao final e eu quase me acabava com ele. Fátima achou que aquilo já bastava. Apareceu sem aviso no meio de uma tarde de domingo, surpreendeu-me na rede, pendurada na sala para que um mínimo de brisa entrando pela porta semiaberta me aliviasse do calor, puxou o livro que eu tinha tentado ler, mas ficou abandonado no meu peito, sentou-se num tamborete e não permitiu que eu me levantasse. "Agora você vai me ouvir, quieta. Preste atenção." Fátima não desperdiçava palavras. Foi direto ao ponto: minha tristeza, vista por todos, até cego via, estava tirando a paz do coração do povo, tinha gente perguntando o que era que tinham feito para me deixar assim, nem contar histórias eu não queria mais. Onde é que estava aquela moça valente e alegre que tinha chegado ali um dia e logo já parecia que era gente da gente? Se eu tinha alguma coisa contra o povo de Olho d'Água que falasse logo para ver se ainda tinha jeito de eu ficar ali feliz, que mais tristeza não fazia falta não. Ou aquilo era saudade de namorado?

Expliquei-me como pude. Não, menti, ou não menti, pois nem eu sabia ao certo, aquilo não era saudade de ninguém, não, e nem culpa do povo. Ao contrário, era o medo de ter de ir embora, o vereador que não resolvia nada, não trazia o contrato e o material prometidos e eu por isso esmorecia, já quase sem esperança de ser professora e poder ficar por muito tempo. "Você diz que de família só tem pouca gente, espalhada em outras terras e quer ficar aqui, que a gente é sua família escolhida. Ah, pois! Então aprenda que aqui o que mais se carece é de paciência, saber esperar. A gente vive esperando, a noite, o dia, a chuva, o rio correr de novo, esperando menino, esperando a safra, notícia, o caminhão do fio, o tempo das festas, visita de padre, tudo coisa que custa a chegar. Não vê que aqui só quem tem relógio de máquina é o motorista do caminhão? Relógio aqui é o sol e uns riscos na parede. Nem folhinha a gente não precisa, só mesmo aquela mandada pelo neto de dona Zefa, tem pra mais de quatro anos, só de enfeite. Conta é o tempo de seca, tempo de chuva, tempo de festa. Promessa de vereador, então, é demorado que só! Mas dessa vez qualquer hora chega, é ano de eleição. Deixe de bestagem. Levante já daí, se banhe, se aprume e venha comer e depois contar uma história que o povo está tudo lá esperando pra ouvir. É seu trabalho, mais importante do que tingir fio, que qualquer um sabe fazer."

Obedeci sem protestar. A autoridade de Fátima, mãe de tantos machos, de algum modo me cobria e aos meus sentimentos também. Deixei facilmente a tristeza para lá. Retomei o ritmo do trabalho de tingimento entremeado de novo com um ou outro gracejo, um riso, uma palavra, o ritmo dos serões de conversa solta, às vezes a espera pelos aboios ao entardecer, e um tanto de bisbilhotice através das janelas dos outros, novo modo que tinha achado para me entreter.

Eu aprendia a esperar, a ter paciência segundo os conselhos de Fátima, minha mestra em esperas, ela sim, que, agrilhoada àquele lugar, aguardava, havia tanto tempo, por chegadas muito mais vitais do que as minhas, seu tear e seu homem, o crescimento de seus filhos para aliviá-la da luta sobre-humana. Voltei a dormir de um sono só, o corpo cansado e o coração em paz, a caixinha dos patuás posta em sossego lá no fundo do baú.

Mas era tempo de aprender também a ver outras dores escondidas por detrás das paredes de sopapo.

Um dia, quando todo o fio a colorir já estava esticado nos cavaletes e a teia multicor completa ao longo da rua larga, aproveitando o entardecer um pouco mais longo do auge do verão, saí a explorar uma vereda que se enfiava por trás da casa de Fátima, por onde eu nunca tinha ido. Passei por dois casebres silenciosos, revelando-se habitados apenas pela fraca luz dos fogões a vazar pelas janelas estreitas e a pouca fumaça a sair por baixo dos beirais. O caminho continuava pelo meio do mato, e, bem mais adiante, encontrei os restos de uma pequena caieira com cacos de telhas e alguns tijolos rústicos espalhados e cobertos de mato, havia muito abandonada. Pensei que ali se acabava a picada, ia virando-me para voltar à rua larga quando ouvi, perto dali, os gritos desesperados de uma mulher, palavras entrecortadas por ais e gemidos, "Para, pelo amor de Deus, não me machuque, não me mate que eu não fiz nada", acompanhados pelo som de pancadas e outros gemidos em tom mais grave. A poucos passos vi a casinha de onde vinham os gritos, sem nenhum arremedo de luz vindo de dentro, corri para a porta que parecia fechada. As pancadas e os gritos continuavam, "Socorro, minha Nossa Senhora do Ó, eu sou uma mulher direita!". Nem pensei, num impulso dei um tranco na porta que se abriu facilmente e vi, à contraluz frente à janela dos fundos que dava para o poente, as silhuetas da mulher, que tentava proteger-se com os braços levantados diante da cara, e o do homem que empunhava um grosso relho e a segurava pelos cabelos, ambos paralisados pela surpresa da minha entrada a berrar "Para, para, seu covarde!". O homem baixou o relho e soltou a mulher, mas ficou lá estático. Ela, porém, em poucos segundos refeita da surpresa, agarrou a tranca de madeira encostada à parede junto à porta dos fundos e avançou contra mim: "Não se meta, sua enxerida, fora daqui. É meu marido, eu sou a mulher dele, ele me bate quanto quiser, e você não se meta nisso". Estaquei, estarrecida, e quase fui abatida pela paulada que atingiu um tamborete ao meu lado e me despertou as pernas para saltar de lado e sair correndo pela porta afora, pelo caminho todo, até chegar, ofegante, de volta à casa de Fátima. Arriei num banco, encostada à parede, mal respirando, minha amiga e a pirralhada à minha volta, espantados, "O que foi? Assombração? Cobra? O que foi?". Só depois de um grande caneco d'água adoçada com rapadura fui capaz de contar, entre soluços, a cena toda. "Ixe! E você foi se meter nisso, menina? É doida? Nunca ouviu dizer: em briga de marido e mulher, ninguém mete a colher?" Quis protestar, mas Fátima insistiu, "É costume, ninguém morre disso não. O meu homem nunca me bateu, é doce como mel, mas a gente não tem nada a ver com o que se passa dentro da casa dos outros. Aprenda". Calei-me, e ali fiquei, escorada na parede, um nó doloroso apertando minha cabeça e meu coração, a cortina idealista que me tapava os olhos e só permitia ver a dor infligida pela exploração do Dono e a inclemência do sol, mais a beleza dos gestos e saberes do povo, rasgando-se mais um pouco e revelando que tudo era muito mais misturado e complicado do que eu pensava. O caminho de libertação, se houvesse, teria de percorrer inúmeros atalhos e veredas, quem sabe por quanto tempo? Eu me sentia completamente incapaz.

Mal comi a macaxeira com um refogado de folhas de palmatória, do jeito que Lupita me tinha ensinado a preparar seus *nopales*, e tentei convencer a todos ali que era bom alimento. "Ôxe, isso é comida de bicho quando não tem mais nada!" Fátima tinha sido a única a aceitar, aprender a fazer e adotar quando não havia nada melhor para misturar às raízes ou ao cuscuz para a pobre ceia da noite.

Os dois meninos maiores, Tião e Biuzinho, acompanharam-me até em casa, por ordem da mãe, e não se foram embora até ter certeza de que eu estava segura, minha rede arrumada no quarto, na mão a trave para trancar a porta, pronta para dormir sossegada.

Mas a melancolia se infiltrava de novo por todos os cantos da casa e, mesmo com a candeia apagada, achei sem dificuldade minha caixinha contendo os objetos mágicos que me levavam embora dali em poucos segundos. Caí na rede com ela, apalpei seu conteúdo e meus dedos encontraram, num cantinho, o menor deles, o pequeno disco de metal esmaltado com o distintivo de uma união estadual de estudantes. A ponta do alfinete soldado e aberto no verso do distintivo quase me furou o dedo, aguçou a memória e pôs-se a desenrolar outro rolo de filme ali guardado e empoeirado.

Vejo-me, então, no meio de um turbilhão de corpos, braços, bandeiras, faixas, desfazendo repentinamente as fileiras que há pouco marchavam ritmadas, ouço latidos, ruído de cascos batendo no asfalto e, em seguida, tiros, encobrindo e fazendo cessar o coro que cantava "O povo unido jamais será vencido!". Como formigas desorientadas pelo bruto pé que se atravessa em seu caminho, não sabíamos para onde correr, tomando sentidos contrários. Surge, então, no meio do remoinho, acima das outras cabeças, afagado pelas bandeiras, um rapaz montado sobre os ombros de outro, expondo-se assim como alvo fácil para qualquer atirador. Alguém lhe dá um megafone, ele se volta para um lado e grita uma e outra vez "Dispersar daqui, concentrar no largo de Pinheiros", olhando diretamente para mim, ali parada, a três passos dele. Os mais próximos ouvem e passam a palavra de ordem para os de trás, chegando aos poucos às fileiras mais distantes, mas eu fico parada, reconhecendo aquele olhar que me volta dos sonhos da adolescência. Ele, porém, vira-se para o lado oposto da avenida e repete a manobra com o megafone e gestos amplos de um braço, fazendo com que a multidão do outro lado tome o sentido contrário, para ir concentrar-se em algum lugar que não pude ouvir. A dispersão se faz rapidamente e me vejo só com os dois, no meio de um cruzamento de ruas, enquanto ele salta dos ombros do companheiro, olha em redor e me encontra. O outro o chama, "Vamos logo, por aqui", indicando a rua transversal à da passeata. Ele hesita, mirando-me de frente como a querer dizer alguma coisa, mas o outro insiste, ele começa a mover-se, eu grito "Harley" e o vejo arrancar algo da camisa e estendê-lo para mim, que não consigo alcançar e deixo cair ao chão. Abaixo-me para apanhar o distintivo estudantil, ouço de novo "Vamos, Mauro, está louco? Corra, corra, por ali!". Quando me levanto só vejo as costas dos dois, disparados, a desaparecer numa esquina. Sozinha no meio da rua, zonza, todos já longe, tomada pelo medo, abrigo-me no portal fundo de um velho prédio fechado, sento-me nos degraus tentando voltar a respirar, o pequeno presente apertado e espetando-me a palma da mão, até que todo o ruído anormal cessa e saio andando mecanicamente para a igreja da Consolação, última imagem de mais esse meu filme antigo, tão mais antigo agora.

Não. Não podia cair de novo naquela triste modorra. Nem Fátima e nem eu mesma me perdoaríamos. Levantei-me da rede, acendi o único precioso toco de vela que tinha, abanei as brasas no fogão, aqueci um pouco d'água, lancei-lhe um maço de folhas secas de capim-santo e bebi a infusão. Efeito real ou sugestivo do chá, dormi como uma pedra até o sol nascer.

Despertei decidida, com um pequeno plano a pôr em prática imediatamente. Nada mais de caixinhas fechadas cheias de objetos secretos, amuletos portadores de melancolia e bestagem, como dizia Fátima. Exorcizar as ilusões era a melhor coisa a fazer, deixar tudo exposto, às claras, para que a luz do dia lhes tirasse o encanto. Era domingo. Corri à casa de Fátima, pedi a Biuzinho que me ajudasse a cortar espinhos de mandacaru bem grandes e fortes, que entrassem facilmente na taipa. Voltamos à minha casinha e ele me ajudou a espetar os espinhos como pregos nas paredes da sala onde batia sol à tarde. Com a ajuda de pedaços de fios coloridos, sobejos da tecelagem, penduramos, um por um, os pequenos objetos na parede, logo acima do relógio de sol de Arquimedes. Tudo pronto, voltei para a casa de minha amiga e fiquei por lá o dia todo, dedicando-me a ajudá-la com a roupa a lavar, a contar histórias e ensinar brincadeiras aos meninos, a rir, a viver o presente. Voltei à noite para minha rede, apaziguada.

Fevereiro avançava e nada do vereador aparecer. Os recados que lhe mandava pelo motorista do caminhão se perdiam pelo caminho. Tentei começar um arremedo de aulas, nos serões sob as algarobas, escrevendo, com uma varinha na areia, o beabá que tantos deles sabiam cantar, mas a luz era fraca, os olhos cansados de tanto sol no dia inteiro de trabalho duro e, embora desejassem me satisfazer, o povo não tinha ânimo para o esforço de memorizar rabiscos na areia que qualquer ventinho ou lagartixa desmanchavam.

Nas noites de luar, para quase todos eles, acrescentavam-se horas de trabalho noturno, carpir e afofar a terra dura, abrir covas, cavar leirões para que a chuva, se viesse, encontrasse tudo em ponto de semeadura. "Não vá o dia de são José chegar e achar a gente preguiçando... se assim for periga dele não mandar a chuva."

Passou-se uma semana, mais outra, e eu, já de olhos bem abertos, continuei, com a paciência enfim aprendida, a explorar os recantos do povoado e a descobrir mais dores, já não tão surpreendentes. Apenas firmavam minha vontade de ficar.

Desesperei-me quando descobri uma menininha a morrer do que me parecia simples disenteria, meti-me na casa da família, consegui que Isaías me roubasse dois cocos verdes do oásis cercado e proibido pelo Dono, encontrei em minhas coisas um conta-gotas e por dois dias tentei salvá-la gotejando-lhe água de coco na língua, contra o coro descrente que me dizia "Já não adianta, Deus quer levar a bichinha, a gente sabe quando não se salva mais". Não pude suportar ver a pequena procissão rumo ao cemitério, o caixãozinho carregado apenas por outras crianças, como a fazê-las acostumar-se desde cedo com o destino final à espreita de qualquer descuido, a qualquer hora. Chorei, encolhida na capela, durante todo o tempo em que soou o sino rouco e triste, num toque monótono e rápido da corda fina atada ao badalo, puxada por alguém mais triste ainda, já ouvido outras vezes sem me ocorrer perguntar o que significava. Agora eu sabia como tocava o sino, quando tocava para enterro de menino.

Não, Deus não quer isso, não! A revolta me tomou todo o peito e secou-me as lágrimas. Continuei, agora mais forte e decidida, a buscar caminhos por ali mesmo. Arriscava-me pelo mato cada vez mais longe, com meu bloco de desenho e alguns lápis de cor para identificar e registrar as diferentes espécies de plantas, cujos nomes imaginava utilizar na alfabetização.

Numa das minhas excursões mais longas, para os lados do rio seco, concentrada em copiar fielmente um minúsculo cacto que via pela primeira vez, custei um pouco a me dar conta de outro canto vindo de longe, às vezes mais forte, outras quase inaudível, segundo os caprichos do vento. Não era aboio, isso eu já sabia distinguir perfeitamente, pareciam mais cânticos religiosos ou fantasmagóricos. Minha curiosidade e minha nova coragem me levaram para o lado de onde sentia virem as vozes. Andei um bocado, atenta aos galhos secos e espinhos, já quase desistindo de encontrar a origem do canto que parecia mudar de direção a cada instante. Já estava prestes a desistir, o sol começava a baixar para o horizonte e sem ele eu ficaria perdida. Então vi, primeiro confusamente através da vegetação e, pouco depois, claramente, no espaço aberto pelo que parecia o leito seco de um riacho, um grupo de homens, torsos despidos até a cintura, as cabeças cobertas, as pernas envoltas em panejamentos como de saias brancas e azuis, a flagelar-se as costas com longos relhos de couro e pedregulhos atados às pontas. Sangravam e continuavam a golpear-se sem parar de cantar. Por um momento fiquei paralisada a olhar a incrível cena, tentando compreender o que era aquilo, ouvindo agora bem nítidos e fortes o pungente canto e o estalo dos chicotes. Mais uma vez, sentia-me viajando no tempo para cenas medievais. O susto, o medo e o movimento da luz enviesando-se cada vez mais me fizeram despertar do estupor e correr de volta na direção do povoado, sem mais nenhum cuidado, até chegar à casa de Fátima, vermelha, descabelada e lanhada pela vegetação agressiva. Enquanto minha amiga me limpava as feridas com um pano embebido em cachaça e as curava com suas ervas, perguntando insistentemente qual era a besteira que eu tinha feito daquela vez, hesitei em explicar a razão do meu estado, crendo que Fátima me tomaria por louca, vendo visagens no meio do mato. Não era fácil, porém, resistir àquela mulher quando queria alguma coisa e acabei contando tudo, recebendo uma risada zombeteira como primeira resposta. "Mas de onde é que você vem pra se assustar com uma coisa dessas? Então já não começou a quaresma, tempo de penitentes? Você foi bem pro lado do rancho deles, junto do Riacho do Tatu. Não diga a ninguém o que viu porque é segredo, por isso é que eles tapam a cabeça e a cara, pra se alguém passar não saber quem são os penitentes. Então a gente respeita, finge que não sabe, mesmo todo mundo aqui conhecendo muito bem os homens que fazem parte dessa devoção, só basta olhar a cara de dor e canseira deles mexendo o fio ou tangendo o gado durante o dia. E cada mulher amontoa e esconde em casa os panos duros de sangue seco que só é certo lavar em água corrente, quando ela chegar no rio. Andam pela noite adentro, rezando, cantando benditos e se batendo pra pagar os pecados, visitam os cruzeiros, qualquer resto de capelinha ou cova de morto que não falta por aí afora, sempre fazendo o serviço de se bater com a disciplina e se ferir pra sentir um pouco da dor de Nosso Senhor Jesus Cristo, abrandar a alma e não deixar mancha de pecado nenhum do ano que passou. É o costume, desde o tempo antigo, quando surraram e mataram Nosso Senhor."

Era tudo natural para Fátima. Para mim era um enigma a confundir-me ainda mais as ideias sobre o que eu vinha fazer ali, a impossibilidade de compreender por que acreditavam ser preciso ainda mais sofrimento para pagar pecados que eles nem sequer tinham tempo nem forças para cometer. Pedi para ficar a noite numa esteira na sala dela, temendo ouvir de novo o canto dos penitentes, ou seriam fantasmas medievais? "Que esteira nada! Biuzinho gosta da esteira e você, assim machucada, vai é pro macio da rede dele." Não adiantaria teimar, simplesmente me deixei conduzir, pela mão firme da minha mestra e pelo efeito do cansaço ou dos misteriosos chás que ela me deu, à rede e ao sono quase imediato. No dia seguinte acordei refeita, não se falou mais no acontecido e retomei as atividades normais, mas alguma coisa me inquietava e fez com que me juntasse, a cada boca de noite, às mulheres que enchiam a igrejinha para a meditação da Via Sacra durante o resto da quaresma, a paixão de Cristo então retomando novo sentido a partir daquele chão que me acolhia.

Para eles, agora, o assunto quase único era a chuva. O resto era igual cada ano. De incerteza, só a chuva. Viria para dar de beber à terra, às sementes e a todos os viventes? Ou a penitência não bastara e o céu nos havia de castigar com um ano de seca? Nuvens havia, mas passavam indiferentes, às vezes enormes chumaços delas, e seguiam adiante, desinteressadas de nós e da terra, cá embaixo, a rogar por elas. Pegava-me frequentemente a olhar o céu e acompanhar seu movimento enquanto mexia as meadas de fio no banho de anilina borbulhante e me surpreendia repetindo interiormente a frase relembrada das antífonas do Ó: *Rorate coeli desuper et nubes pluant...* Eu reaprendia a rezar.

Fevereiro chegou logo ao fim de sua curta vida e o mês de março entrou trazendo uma excitação geral, misto de alegria e apreensão. Descobri então a importância sagrada do dia de são José, o carpinteiro ali estranhamente considerado padroeiro dos agricultores. Se chovesse nesse dia, o inverno seria bom. Havia que apressar o amaino da terra para a chuva, sempre esperada como certa, dissessem o que dissessem os serviços de meteorologia às vezes captados pelo meu radinho, reabastecido de pilhas já quase sem carga e, por isso mesmo, vendidas baratinhas no simulacro de feira quinzenal, no galpãozinho chamado de mercado, de fato nada além de uma construção precária e velha, feita para abrigar, em outros tempos, o famoso motor da luz havia muito queimado e esquecido.

Fomos todos convocados, mulheres, velhos e crianças para ajudar no preparo das covas e leirões, no preparo da festa se água houvesse, na seleção das sementes, na semeadura, tarefa exclusiva das mulheres, a curvarem-se de cova em cova para depositar em cada uma, num gesto quase ritual, três ou quatro grãos de milho ou feijão, seguidas pelas crianças cujos pés tornavam-se pás, puxando e pisando a terra para tapá-las. Trabalhava-se cantando, rindo e brincando à luz da lua e das estrelas. Tudo pronto para receber a bênção do santo.

Pelo jeito, porém, são José era exigente e carecia-se da intervenção de Jesus e de sua Mãe para garantir a boa vontade do carpinteiro. Nove dias antes da festa começou-se a novena para pedir chuva, e o dia todo, no trabalho ou em repouso, cantavam-se benditos levantando as mãos aos céus. Não bastava rezar, no entanto, havia que sofrer. Eu não compreendia, mas já não me surpreendia a crença daquele povo em que o esforço e a dor que os acompanhava o ano todo não fossem suficientes para comover os céus. Havia que subir até o pequeno cruzeiro, invisível cá de baixo, escondido no alto da colina de cuja meia encosta jorrava a preciosa água doce, em pleno sol do meio-dia, renunciando-se à sesta, alguns a carregar pedras na cabeça e todos levando cabaças ou jarrinhos com um pouco daquela água rara a ser lançada como rica oferenda aos pés da cruz. Acima da fonte, a encosta tornava-se quase impraticável, nem caminho havia, apenas cactos e pedras, muitas delas soltas e arredondadas, tornando tanto a subida quanto a descida uma aventura perigosa. Todas as pessoas capazes de andar firmemente sobre as duas pernas, e que não precisavam zelar pelos inválidos ou pelas crianças pequenas demais, cumpriam o sacrifício, com espantosa alegria e fôlego, a cantar durante toda a escalada e a descida de volta. "É certo que dia 19 vem água! Olhe pro lado de lá, já está bonito pra chover", repetiam convictos, embora a história do passado, que desmentia o absoluto dessa certeza, estivesse na memória de todos. Ninguém supôs que eu não quisesse ir. Davam-me instruções, tratavam de ensinar-me os benditos adequados para a ocasião, recomendavam alpercatas velhas e macias, ofereceram-me um bastão com uma ponta de ferro feito especialmente para mim. Encetei a subida no primeiro dia, certa de que seria o único ao olhar para cima e ver o cume quase a tocar as nuvens fugitivas. Sim, como os demais, eu tinha o dever de lutar para prendê-las sobre nós. Pela generosidade deles, também eu dependia daqueles roçados magros. Só me lembro de ter seguido, bem para lá da fonte, olhos postos no chão, acompanhando os calcanhares nus e calejados de quem me precedia, um passo após o outro, só mais um, mais um, sem levantar nem sequer uma vez a cabeça para ver a vista do alto, sem pensar em mais nada. Quando, enfim, chegamos ao cume, estiquei-me e pude respirar a plenos pulmões, tomou-me uma espécie de euforia e tive a certeza de que voltaria, sim, nos oito dias seguintes. Eu começava a compreender vagamente alguma coisa.

O dia de são José chegou antes que minhas forças se esgotassem, e os dias da novena pareciam haver corrido mais velozes do que os outros, talvez apressados pelo desejo e a fé da gente que olhava o céu, cantava e acreditava: "No dia certo, pode contar que chove, chove de certeza, a gente já vai descer do cruzeiro debaixo de aguaceiro!". Ainda no fresco da madrugada de 19 de março, abandonado o trabalho de todos os dias, já nos pusemos a subir, com nossas cabacinhas mais um mínimo farnel e, pasmei!, alguns poucos privilegiados da sorte e cheios de fé a empunharem guarda-chuvas, quase todos estropiados, menos o de dona Zefa do cajueiro, uma incongruente sombrinha de seda com vestígios de cor-de-rosa e rendas intactas nas beiradas, relíquia misteriosa de tempos remotos. Lá em cima passamos o dia, a rezar e olhar o céu, eles firmes na sua certeza, "Está bonito, está bonito pra chover e muito! É hoje! Viva são José!", apontando as nuvens. Eu, cética, olhava e as via voar para longe como sempre. Errei eu. Pelas quatro horas da tarde, como de repente, ajuntaram-se todas, escureceram, baixaram lentamente e despejaram-se em tempestade sobre nós. Descemos ensopados e maravilhados, e nem os felizes proprietários de guarda-chuvas se importaram com que o vento os virasse pelo avesso e seus donos se molhassem como todos nós.

Choveu uma semana inteira, encharcando a terra, despertando os grãos, e são José foi tão generoso que só abria suas comportas do cair da tarde até a madrugada, preservando seco o tempo do trabalho nas redes que não podia parar. As biqueiras dos telhados, feitas chuveiros e torneiras, excitavam a alegria das crianças, sem pejo despidas para o banho que os adultos tomavam vestidos mas com o mesmo entusiasmo. Sob elas enchiam-se gratuitamente os potes, formas, bacias, tonéis e ainda restava muita água para fazer brotarem secretas sementes escondidas em torno dos terreiros, prontas a florir e transformá-los em jardins para encher casas e capelinha de flores de verdade. Poupavam-se assim preciosos centavos para alguma prenda, uma camisa, uma chita, um par de alpercatas novas para o tempo de são João, quando o comércio de fato tornava a feira digna do nome e apareceriam, prometiam, até novos folhetos de cordel que me caberia ler para todos.

Toda a terra parecia fervilhar, movida pela vida nela escondida, prestes a romper. E era a cada dia um motivo novo para festejar, "Olhem lá uma arribaçã!", "Hoje vi botão de flor num mandacaru!", "Diz que está chovendo nas cabeceiras do rio! Logo, logo a água chega por aqui!". E os serões eram cheios de uma nova animação, as histórias com mais humor e menos terror, as cantorias mais alegres, rabecas, violas e dois foles de oito baixos surgiram e se apresentavam sem vergonha das cordas desfalcadas, do acorde desafinado, contando com uma dose maior de generosidade dos ouvintes. Quando se confirmou que de fato começava a correr água no rio, cerca de apenas uma légua distante do povoado, "Logo ali, pertinho!", foi-se quase todo o povo em romaria para jogar-se nas águas, brincar, com a ilusão de pescar ao menos uma piaba, ensaiar uns passos de forró antecipando o tempo de são João que se anunciava farto, festejar.

Fui junto. Afinal, o que era uma légua de caminhada para uma festa tão rara a inaugurar meses do que ali se considerava fartura? Sentei-me numa pedra à sombra, junto a uma algaroba, apoiei as costas no tronco, deixei voar a imaginação e aquela festa tornou-se uma só com minha lembrança da euforia que eu presenciara às margens do *oued* do M'Zab pela chegada da imensa enxurrada que descia das montanhas, abrindo caminho por entre as dunas. Outra língua, outra música, outras caras, outros trajes e instrumentos muito mais ricos do que os dos pobres sertanejos, mas sem dúvida a mesma alegria e esperança. Ali fiquei por longo tempo, e bastava abrir ou fechar os olhos para que a cena mudasse de aspecto, mantendo, porém, o mesmo sentido.

De repente uma voz junto ao meu ouvido me traz de volta da Argélia e daquela margem de rio renascido para este ônibus sacolejando: "Fique quieto, Óston, deixe a mãe dormir". Ouvir chamar alguém de Óston agora já não me faz rir, mais esse foi um dos motivos que, naqueles tempos em Olho d'Água, me levavam a esconder o riso porque ninguém ali o compreenderia. Viro-me um pouco para tentar ver a carinha de Óston, ou Washington, suponho, mas ele, obediente, já se encolheu e aquietou na poltrona atrás de mim e não o vejo. Mais fácil ver nas lembranças meus meninos do passado.

No domingo de Páscoa despertei com nova espécie de alvorada, esta comandada pelo badalar festivo do sino, o entusiasmo com que lhe puxavam a corda grande em amplos voleios compensando sua pífia sonoridade. Juntei-me ao povo na igrejinha e nos fartamos de cantar aleluias! Depois do desjejum excepcionalmente abundante em casa de Fátima, pus em prática o que me havia proposto desde a véspera. Munida de apenas uma cabacinha com água, um ovo cozido e um pedaço de rapadura, meu caderno de desenho e meus lápis, embrenhei-me pela caatinga para contemplar e registrar com minha pouca arte o espetáculo da vida ressuscitando, a melhor celebração de Páscoa que eu podia ter. Nem vi passar o tempo, por toda parte reverdeciam ramos onde eu antes pensava haver apenas madeira morta, brotavam flores nos cactos imensos ou minúsculos, de repente um ruído ou um leve farfalhar de folhas denunciava a presença de algum animal, e eu, imóvel, esperava a sorte de vê-lo. Era tanto a admirar que pouco desenhei, até que o estômago, já esquecido do ovo e da rapadura, me fez notar a inclinação do sol e retomei o caminho de casa.

Mal apontei na rua larga, um alvoroço de meninos veio ao meu encontro, "Maria, Maria! Onde você se escondeu? Corra que o vereador está há tempos procurando por você, já quase vai s'embora". Corri com eles e cheguei esbaforida ao galpãozinho do mercado onde encontrei o homem com um maço de papéis e um envelope nas mãos, a comandar os que arrastavam estantes velhas e capengas para separar um compartimento num canto do espaço jamais inteiramente preenchido pela esquálida feirinha, outros homens que descarregavam de uma caminhonete umas tantas cadeiras e mesinhas, todas estropiadas, sucata de alguma velha escola, e mais um desconhecido que mexia numa caixa na parede. Aquilo seria minha escola, e tive a tentação de protestar ou desanimar e recusar-me, mas um ruído de motor me deteve e, milagre!, acendeu-se uma lâmpada elétrica na minha agora luxuosa sala de aula.

"Então, professora, vamos trabalhar, que o ano letivo já vai avançado, só falta sua turma!", como se fosse eu a culpada pelo atraso. Entregou-me as fichas de inscrição para enviar-lhe preenchidas até a quarta-feira seguinte, quando haveria portador para a sede do município, o contrato assinado pelo prefeito aguardando a minha própria assinatura, um pequeno número de cadernos e lápis novos em folha, o material didático oficial do programa e finalmente o envelopinho contendo meu primeiro salário, o dobro do que eu conseguia tingindo fios um mês inteiro. Uma fortuna!

Toda a gente de Olho d'Água aplaudiu o acontecimento, como o faria com qualquer novidade a interromper a monotonia do trabalho duro. Foi-se embora o vereador, acenando pomposamente, de pé no estribo da caminhonete, com ares de benfeitor. Arrefeceu-se a excitação e fui, finalmente, dormir feliz. Minha missão ressuscitava também como todo o resto do que por ali vivia.

Acordei cedinho como sempre, mas não fui logo para a casa de Fátima. Atardei-me examinando o material recebido. Percebi logo, era uma versão do método criado por Paulo Freire para alfabetizar conscientizando o povo de sua realidade e de seu próprio saber e poder. O caderno de orientações ao professor, porém, reduzia tudo à mera técnica de decompor uma palavra em sílabas, modificá-las com novas vogais, recompô-las em novas palavras. Eu, porém, sabia muito bem como proceder para tirar daquilo mais do que o simples beabá, ir muito mais longe, despertar, eu acreditava, a consciência e a força do povo para mudar aquele mundo de injustiças. Passei os olhos na sequência de palavras propostas como pontos de partida e ri: a primeira delas era "tijolo", e por si só apontava para as contradições daquele mundo de taipa, madeira rústica, telhas tortas e palha. Sim, eu ia dar conta da missão, por mais longa que fosse, agora que meu direito de ali permanecer estava firmado, de papel passado, e ninguém se interessaria por vir ver o que fazia a besta da professorinha que aceitava um pagamentozinho daqueles, nem metade do mínimo.

Comi o pouco que havia em casa e apressei-me a tomar meu lugar no trabalho das redes. Nem me passou pela cabeça abandonar o serviço.

Quando anunciei, findo o trabalho, que daí a uma hora ia abrir as matrículas para os que queriam ser meus alunos, a corrida foi grande. Além da atração da luz elétrica, desejavam me agradar, depois de meses construindo com eles um laço de amizade atado pelas histórias trocadas sob o toldo da Via Láctea, o ir e vir pela rua larga, a partilha do trabalho, do cuscuz, das dores e das festas.

Eu devia matricular apenas jovens e adultos, coisa nunca imaginada por ali onde nunca houvera escola de espécie alguma, de modo que os primeiros a aparecerem para as inscrições, quando acendi a milagrosa lâmpada do galpãozinho, foram as mães com seus filhos pequenos, por mais que eu tivesse anunciado que a escola era para os grandes. Vinham alegres, ainda sob um resto de sol de verão pintando na areia suas sombras alongadas. Haviam-se banhado, envergado a roupa melhorzinha, abandonado os punhos e varandas de redes, sem lamentar o atraso no trabalho, ansiosas para ver seus pirralhos aprenderem a ler e escrever, ou "pelo menos desasnar, saber cantar a carta do abecê".

Eu me via sem saber o que fazer, pois o formulário da matrícula deixava bem claro: só devia inscrever gente de quinze anos acima, um mínimo de vinte alunos para que o programa se mantivesse. Mostrei os papéis do Ministério e fichas a preencher, deixados pelo vereador, tentava explicar-lhes que escola para criança era outra coisa, com outro método, tinham de exigir da prefeitura. Inútil. "E eles vão nada fazer escola pra menino pequeno que nem eleitor não pode ser?" Falavam todas ao mesmo tempo, comigo e entre si, continuavam a empurrar a garotada para junto da mesa, "Os meus são esses cinco aqui", "Não esqueça os meus", dezenas de pezinhos arrastando as alpercatas quase novas, tão raramente usadas, fazendo soar como um chocalho a areia solta sobre o chão de cimento bruto, os olhinhos a brilharem, esperando maravilhas. Subi num tamborete tentando me fazer ouvir, dizia "É a vocês, mães, a seus maridos e filhos já grandes que eu vim para ensinar, não às crianças" e recomeçava minha lenga-lenga. Que nada, elas não compreendiam minha discussão nem por qual absurda razão eu tinha de fazer uma escola para gente grande, já de cabeça dura, "Burro velho não aprende caminho novo". Não, não haveriam de estudar mais nada, já tinham os miolos cheios de tudo que foram obrigados a aprender pra poder sobreviver, o que mais poderia caber naquelas cabeças?, argumentavam elas. Depois de uma hora de confusão, em que não consegui fazer praticamente nenhuma matrícula segundo os formulários recebidos, a devolver preenchidos em dois dias, voltei para minha casa desanimada, aflita, sem ver claro como começar a fazer alguma coisa rumo ao futuro sonhado por mim e tantos outros para aquela gente, já me vendo de novo obrigada a abandonar tudo e ir-me embora se não conseguisse manter a cobertura legal conseguida, quase por milagre, para me meter naquele cafundó.

Então me apareceu Fátima, trazendo o pratinho de costume para me amansar nos meus momentos de amuo e, muito mais importante, sua paciência e sabedoria. "Mas você às vezes parece besta mesmo! Pra que é que vai passar o dia inteiro tingindo fio se a prefeitura vai lhe pagar em dinheiro, que dá e sobeja pra pagar sua água e mais tudo de vender que aparece por aqui? Fica fácil de resolver se você for só a professora, faz uma escola pras crianças de manhãzinha e só aceita pirralho de família que tiver pelo menos um dos grandes na sua aula da noite. Quero só ver se não vai aparecer gente até de mais! Depois é só você trabalhar direito pra segurar o povo."

O plano de Fátima era perfeito. Não era simples decidir como traduzir em letras no papel muitos dos nomes que me diziam, inventados, ou de ouvir dizer em casos contados ou no rádio, quase nunca acompanhados de um documento qualquer, nem sequer certidão de batismo, só um que outro suspeito título de eleitor de quem supostamente sabia assinar nome, documento que muitos declaravam ter, mas que ficavam no escritório do vereador "que é mais seguro, pra ninguém perder ou nenhuma cabra faminta mastigar e arruinar, ele disse". No final do dia seguinte, porém, eu já tinha o número suficiente de fichas preenchidas para mandar à prefeitura e um caderno listando dezenas de crianças para as aulas clandestinas da manhã.

Não precisei mais que um dia e a ajuda de um punhado de moleques liderados por Biuzinho para ajeitar a sala da melhor maneira possível, pregar cartazes, branquear com tabatinga as paredes e decorá-las com figuras delineadas a lápis de cor e preenchidas com aguada de borra das anilinas, com ares de afrescos pré-renascentistas. Tratamos de improvisar, usando estacas cortadas no mato e tábuas velhas recuperadas aqui e ali, os bancos e mesas que faltavam, alisar e cortar folhas do papel dos fardos de redes para fabricar cadernos suficientes, costurados ao meio com fios coloridos catados por eles nos quartos de tear. Todo mundo queria ajudar. E na quinta-feira chegaram todos os matriculados e mais os curiosos que não se queriam comprometer, mas não resistiam à tentação e se escoravam nos cantos de parede, nas duas pequenas janelas daquele arremedo de escola ou espreitavam através dos buracos deixados pelos tijolos quebrados nas paredes do galpão.

Pus minha pouca inventividade a funcionar, criei atividades para crianças e adultos, sem me ater à letra do manual, enfiava histórias deles e minhas no processo de devolver-lhes a palavra falada e escrita. E eles vinham, e pouco a pouco as mãos grossas aprendiam a pegar no lápis, o gosto de apropriar-se das letras e palavras se impunha. Os mais interessados eram os poetas repentistas, a sonhar folhetos que fixariam e levariam longe seus versos sem que o vento os dispersasse. E as cartas! Como sonhavam poder escrever e ler cartas!

Minhas tentativas de conscientizá-los, como propunha o mestre educador, porém, esbarravam sempre na doutrina que lhes tinham destilado por séculos, "A vida é assim mesmo, o que Deus fez a gente tem de aceitar, Ele sabe por que a gente nasceu pobre para viver pobre até chegar no céu". Já se falava em eleição, e tentei fazê-los refletir e questionar as práticas políticas, conforme minha cartilha de educadora revolucionária. "Quem é o candidato a prefeito? Já o conhecem?" Claro que sim, filho e neto de prefeitos, era o candidato pela segunda vez. "Lembram quem foi que ele nomeou, da primeira vez, para os cargos importantes da prefeitura?" Claro, como eu previa, a mulher, o sogro, a filha, o cunhado, o afilhado... "E vocês acham que isso está certo?" Certíssimo, achavam todos, as cabeças assentindo convictas, pois "se ele não ajudar nem a família dele, a quem mais é que vai ajudar?". Eu esmorecia, levava uns dias abanando afanosamente minhas esperanças para reavivar-lhes as brasas, e continuava.

Às tardes, quando preparava minhas aulas, andava pelo povoado à cata do que me pudesse inspirar ou transformar-se em material pedagógico, colava rótulos com os nomes das coisas pela vila toda e as paredes dos quartos de tear, de dormir, das cozinhas e das fachadas junto às portas das casas encheram-se de *ojo de Dios* tecidos pelas crianças com restos de fio das redes, "É o olho de Deus que vê as coisas invisíveis, o coração da gente, e zela pela nossa vida!", repetiam eles, compreendendo muito melhor do que eu o que lhes contara sobre os Huicholes e suas tradições. Passei, então, a ler todos os dias os Evangelhos, para mim mesma e para eles, em busca de uma teologia que pudesse fazer frente à conformidade com a exploração e a injustiça em nome da cruel aceitação de uma suposta vontade de Deus.

Quanto mais me dedicava a aprender, compreender e ensinar, mais percebia quão longo seria o caminho, mas eu queria, sim, ficar ali, cumprindo o papel que me deram eles de lhes contar histórias, ou o que me tinham dado os companheiros, de mudar a História, sob a máscara da professora que o governo mandou para ensinar gente grande a ler, livro nenhum por enquanto, todos os livros do mundo um dia, depois, e esperando chegarem a hora e os sinais da possibilidade de mudar o que produzia tantas dores, sem perder, porém, o que era só beleza.

Já me preparava para enviar aos companheiros, logo que se apresentasse a ocasião, segundo os complicados caminhos e códigos que havíamos estabelecido, uma mensagem a dizer que tudo estava correndo conforme o esperado, aguardassem o sinal para o próximo passo, mas não se preocupassem se a espera fosse longa, na realidade as mudanças eram muito mais lentas que nos sonhos, mas a hora chegaria.

Com isso sonhei inúmeras noites, até aquela em que acordei na escuridão, ouvindo retalhos de conversa sussurrada junto à parede de taipa fina, "Já chegaram até a outra margem do rio... diz que amanhã passam pra cá... do Exército, parece... procurando gente estranha... os moços que queriam fazer cooperativa nas terras de Ciríaco... o barbudo, Tonho, os cabras acharam, no meio da caatinga, baleado, já morto, ele e o cavalo..."

Nem houve tempo para que a dúvida, a dor e o medo me dominassem, já batiam à minha porta e eu sabia o que me diriam. "Maria, corra, junte suas coisas. O caminhão das redes sai às quatro, corra, pelo amor de Deus." Eles sabiam, sem saber, muito mais sobre mim do que eu imaginava. Parti, deixando para trás, na escuridão, os vultos que me acompanharam até as portas traseiras do caminhão. Dezenas deles, impossível contá-los nem despedir de cada um. Fecharam-me entre os fardos de redes. Nos olhos eu levava um pouco daquela água salobra, na mochila velha, menos coisas do que trazia quando cheguei. Ninguém viria para aquele canto depois mim.

O que eu imaginara ser o lugar de minha vida por muitos anos não fora senão uma escala, uma passagem de poucos meses, uma mudança de rumo. Compensavam-me uma musculatura mais forte, por fora e por dentro, e a pequena trouxa contendo a rede, novinha, a primeira que saiu do tear de Fátima, muito mais colorida do que as outras, porque tramada com restos extraviados de fios rotos. Cuidei de agarrar tudo o que pude das utopias esfarrapadas, outros fios rotos com que urdir novos sonhos, por certo menores e mais humildes, ao rés do chão, mas vivos.

Clareia a madrugada. Volto finalmente, de vez, a este presente no qual ainda creio ter uma missão, infindável mas impossível de abandonar, alicerçada na paciência e na esperança a resistir, há bem mais de quarenta anos, aos percalços, aos avanços, às decepções, aos eternos desafios, o legado mais precioso do povo de Olho d'Água. Pela janela do ônibus já se veem, ao longe, as luzes ainda acesas da cidade onde outros me esperam para abanar com minhas palavras as brasas de suas esperanças, razão de mais esta viagem, ainda movida a sonhos.

João Pessoa, 8 de dezembro de 2014

1ª EDIÇÃO [2016] 3 reimpressões

ESTA OBRA FOI COMPOSTA PELA ABREU'S SYSTEM EM ADOBE GARAMOND
E IMPRESSA EM OFSETE PELA GEOGRÁFICA SOBRE PAPEL PÓLEN BOLD
DA SUZANO S.A. PARA A EDITORA SCHWARCZ EM JUNHO DE 2021

A marca FSC® é a garantia de que a madeira utilizada na fabricação do papel deste livro provém de florestas que foram gerenciadas de maneira ambientalmente correta, socialmente justa e economicamente viável, além de outras fontes de origem controlada.